www.ingramcontent.com/pod-product-compliance
Lightning Source LLC
LaVergne TN
LVHW041704070526
838199LV00045B/1196
9789360490621

زنبق على السماء الشمالية

Translated to Arabic from the English version of
Lily on the Northern Sky

AUROBINDO GHOSH

Ukiyoto Publishing

All global publishing rights are held by

Ukiyoto Publishing

Published in 2024

Content Copyright © AUROBINDO GHOSH

ISBN 9789360490621

All rights reserved.
No part of this publication may be reproduced, transmitted, or stored in a retrieval system, in any form by any means, electronic, mechanical, photocopying, recording or otherwise, without the prior permission of the publisher.

The moral rights of the author have been asserted.

This is a work of fiction. Names, characters, businesses, places, events, locales, and incidents are either the products of the author's imagination or used in a fictitious manner. Any resemblance to actual persons, living or dead, or actual events is purely coincidental.

This book is sold subject to the condition that it shall not by way of trade or otherwise, be lent, resold, hired out or otherwise circulated, without the publisher's prior consent, in any form of binding or cover other than that in which it is published.

www.ukiyoto.com

الإهداء

مُهداة إلى
زوجتي شارادا و
هديتها الثلاث الجميلات دوروثي وجارجي وآلاب

مقدمة

لم أكن معجبًا بالدكتور أوروبيندو غوش بصفته صديقًا قديمًا فحسب، بل بصفته مفكرًا مدركًا ورسامًا بارعًا. وتقدمه هذه المجموعة الشعرية مزيجًا سعيدًا من الاثنين معًا، حيث يرسم بكلمات تنجح في أن تضرب في داخلك مجموعة متنوعة من المشاعر. إن لوحته الفنية واسعة بما يكفي لاستيعاب الصخب على جسر هوراه، جنبًا إلى جنب مع صخب "الايكا" في الفضاء الخارجي، وعميقة بما يكفي لتعيدك إلى اليونان القديمة لسقراط، حيث يكشف لك عيوب الإنسان الذي كان على رأس أكثر المجتمعات البشرية تقدمًا في ذلك الوقت، كما هو الحال الآن، بعد أكثر من ألفي عام. إن أشعاره هي تصوير لأحاسيسه كإنسان واع يستطيع أن يثير أحاسيس القارئ عندما يتحدث عن المشاكل الاجتماعية والسياسية والاقتصادية في عصرنا، سواء كانت مشاكل الشيخوخة أو الجرائم القائمة على أساس الجنس أو الجوع أو الخرافات أو مجرد الوجود الإنساني الأساسي. لقد شعرتُ بوخزة في أعماق قلبي مع الحديث الحنون في "توأم في الرحم" وتنهدت بابتسامة مع "بائع سلة القصب". إذا انتبهتَ فلن تفوتك الحكاية التي تقطر في القصيدة التي تراها. فالقصيدة تنساب ببساطة وبعيداً عن المصطلحات الشعرية غير الضرورية. أتمنى أن تتلذذوا بالشفق القطبي في قصيدة "زنبقة في سماء الشمال

د. أناند مانابور ــ
أستاذ اللغة الإنجليزية المتقاعد
ناجبور

المحتويات

مرحباً أليس، هذا أنا!	1
الدرجة، اللوحة الأبدية	4
منزل ثمانيني	5
لم يخرج 73	6
شديدار	8
الألبوم	9
مع خالص تحياتي لك	10
بازار	12
راقصات الباليه	13
أفريكانا	14
ذيل الكلب المنحني	15
المكوك	16
الفضول	17
جلطة في الدماغ المفكر	18
الكسوف مرة أخرى غدًا	20
مرحباً سيد سون	22
المواجهة	23
النقوش	24
الجوع	25
الأم القدير	26

هل العمل السريع يعطي نتيجة جيدة؟	27
أربعة إطارات في منزل	29
غيابياً	30
فينجسوي مستورد	31
كانشينجونغا ويونغفراوجوخ	33
ضار بالصحة	34
ذهب مع الريح	35
بشارة الوفرة العاجز	37
العذاب غير اللفظي	38
تشارلي شابلن	41
أوروبيندو، من أنت؟	42
المراقبة	44
مرة أخيرة	45
المترادفات في الحياة	46
خمول-لوجيا	48
بوليتيكو غير نباتي	50
جالافات تارالانج أو صافٍ مثل الماء	51
كلمة المرور	53
جانمابهومي	54
مهرجان في ورلي	56
الإقامة	59

جهاز التوجيه	62
خطاب نوايا	64
نهب الوطن الأم	66
نظرية فيثاغورس	68
الهند السحرية	69
تاجر الأحلام	72
مايكل لا يمكن أن يموت	74
الطائرة الورقية	77
أربعة خيول راكضة	78
حليب نقي جداً في الولايات المتحدة الأمريكية	79
كتابي الكبير الأخير	81
الفرصة الضائعة	82
الملعب	84
يا إلهي، عتاد الرأس ثقيل	85
رسم تخطيطي مبعثر	87
فيباسوانا	88
الألوان الأساسية	90
أوم براجاباتاي ناماه	91
غاندي الأب	93
أووبس! لقد نسيت والدتي في دار المسنين	94
أعظم قواطع للسجن	96

الهيروغليفية	98
ملابس متناقضة	100
أورميلا وبا وبهابيجي	103
الحمام في مترو المدينة	104
رادها كريشنا	105
أرجوك لا تموتي يا رشيدة	106
الحمد لله!	108
زنابق على السماء الشمالية 3	109
الاشتراكية	110
صديقي غانيشا	112
مقصورة زجاج ملون	113
أمسية الحياة	115
الرحلة المجهولة	116
نورما جين مورتنسون	117
فرقة الأوركسترا	119
واريس	120
صانع الكوندالي	121
ثاني أفضل كلمة من ثلاثة أحرف	123
المدرب الحقيقي	125
البركان الخامد	129
الأسد في الغابة	130

الدراما المسرحية	132
الخاتم	134
سلة الفاكهة	135
آلة الزمن	136
الزجاج	138
ثلاثة أكواب على الطاولة	139
طاووسان غاضبان	140
زائر غير مرغوب فيه	142
الكآبة	144
معبر الحمار الوحشي	145
امرأة في شبكة الأسلاك	147
يوم شتاء برتقالي	149
إزالة السجادة من أرضية الرقص	152
مواطن من العالم	153
جهاز تنقية الهواء	156
هل ستموت يا أبي؟	158
السيرة الذاتية لعدسة الكاميرا	160
اتصال بلوتوث	162
بائع سلة القصب	163
نزهة تعبدية	165
خمسة خمسةٌ وثلاثون خمس وثلاثون محلي، المنصة رقم ستة	167

الجنة مقابل الجحيم	170
محطة هورا	172
اشتريت فرنًا كبيرًا جدًا	175
أحب أن أعيش	177
قابلت لا جياكوندا	179
لايكا أنا أحبك	182
جهاز التدليك السحري	185
مانغال كاريالايا	187
حورية البحر والصحن الطائر وأنا	188
المسلسل الأكثر شهرة	190
حياتي عبارة عن مرقص	192
مزايا التقاعد	194
سالي رأت البابا	196
البرج العاجي	198
التوائم في الرحم	199
مررت عبر قوس قزح	200
شاشة تعمل باللمس	202
نبذة عن الكاتب	204

مرحباً أليس، هذا أنا!

من خلال التخاطر، اتصلت بأليس
في بلاد العجائب، وقلت
"أليس أتمنى أن أمتلك
المعلومات الأولية بأسرع وقت ممكن
من أرضك أو أيا كان".
ET. وجهتني إلى جادو عضو
تخليص رحلتي المغامرة,
دعا تأشيرة بين السماوية تعطى من قبل جادو.
الاستمارة المطلوبة كان بها عمود لملئه.
النسبة المئوية للخير,
كان المعيار الرئيسي للاختيار.

الخوف من الرفض أجبرني على
تقديم جوز الهند لجميع الآلهة، زارها
السياسيين قبل الانتخابات,
أسأل نفسي، إذا كانوا مستفيدين
لماذا ليس أنا؟ لقد قلدتهم أيضًا بجدية.
في جاء الليل، ظهرت أليس مبتسما,
أعطى جادو التصريح، تكون جاهزة للركوب
في الانتظار، إلى "UdaanKhatola" سفينة الفضاء
أن يطير بها روشاناس، الثنائي الأب والابن.
أعطتني حاوية، مليئة بالطاقة,
تكفيني خلال رحلتي الساحرة.

طلبت مني أن أغمض عيني,
ووجدت نفسي في عالم صوفي من الخيالات.
كان وقت التحليق صفراً، فلا توجد منطقة زمنية في الفضاء.
تركتني سفينة الفضاء وحدي، في وسط
مجرة تشبه مجرة أندروميدا
من هناك، رأيت أصغر نظام شمسي لدينا,
يقوده أصغر نجم، يسمى الشمس.
حيرة ودهشة من حجم مجرة درب التبانة,

والمسافة بالسنوات الضوئية,
تمنيت أن أحل اللغز,
كيف أن التوأم راهو وكيتو غير الموجودين,
و كذلك الأبراج و الكواكب قادرة على التحكم في
مصير الأفراد من وراء البحار؟

الشعاع الهائل للتأثير على الحياة,
يجب أن يكون قد بدأ منذ آلاف السنين
لمقابلة الطفل الصغير المولود حديثاً على الأرض الآن!
فضولي مثلي، أردت أن أكتشف,
الحجر المركب على خاتم
ليوضع في الإصبع الأوسط
الذي لديه القدرة على تحويل
مسار طريق السفر المحدد مسبقاً.
المناورة في وقت واحد ممكن، كما يقولون,
جدولة مجموعات مختلفة من
الكواكب المختلفة والخواتم ذات الأحجار الكريمة، باستخدام قاعدة الشمال الغربي
الشهيرة,
"من بحوث العمليات".

يمكن إجراء الاتصالات بنجاح,
من خلال نظام سانجاي القديم

نظام الاتصالات عن بعد,
من الإيمان العالمي للحقيقة.
جميع المعاملات، التي تتم غيابياً,
من خلال المعاملات العقلية
دون أن تفشل أبداً.
تغيير الألوان، مثل الأضواء الشمالية
لتزيين الفراغ بشكل جميل.
عدم تمييز الشعور,
مصور بشكل ملائم في الكتاب المقدس,
"الأم شاندي",
"Yadevisarvarvabhuteshu rupenasansthita",
املأ أي شعور على الخط المنقط أعلاه,

.يصبح أومنيتروث

لقد وقعت على سجل الشكاوى,
"لا يوجد لغز حل" كتبت أنا.
ابتسمت أليس، أومأت برأسها في تأكيد,
قالت، كل الإجابات موجودة بداخلك,
ابحث في روحك، بصدق,
ستحصل بالتأكيد على الرضا السماوي.
الآن، أغمض عينيك، ولكن ليس للأبد,
كما، نجمك الصغير الكبير، الشمس،
يسافر بالقرب من منطقتك
مفتوناً ومنوماً مغناطيسياً، أغمضت عيني,
وعدت إلى سريري، في اللحظة التالية.
فقط لأجد المزيد من الألغاز حولي.

4
الدرجة، اللوحة الأبدية

كلها تعمل,
إما بالطبق
أو للاستيلاء على الصحن.

يجب أن يكون لديك طبق.
كلما كانت مزخرفة أكثر، كان ذلك أفضل,
يزيد من فرصك.

الصناعات والمنظمات,
كلها في بحث محموم عن
عن الأكثر زخرفة.

الموهبة، لا يهم,
حتى لو، لديك شهادات
متناقضة مع بعضها البعض.

تحويل الشهادة
إلى لوحة ذهبية للتسول.
ليس صحيحًا على الإطلاق، في الغرب.

منزل ثمانيني

قمت ببناء منزل أوكتاف
;في القطب الشمالي
جميع النوافذ الثمانية
.تواجه الجنوب
.كنت مستمتعًا

صعدت عالياً على
برج إيفل و
.برج خليفة
من الأعلى
,وجدت نفسي
,أكبر من الآخرين
.من الأسفل
كنت مستمتعا

ماء تابي
,جانجا والراين
هي نفسها، لكن فقط
يُمْكِنُ أَنْ يَجْعَلَ Ganga
.أنت خالي من الخطيئة
.لقد كنت مستمتعاً

لم يخرج 73

بعد المشاهدة، 102 ليس خارجا,
تعلم، قصة العلاقة
بين الأب والابن ن
ذاكرة الأب والابن

كان لدى الأب، ورم، عرف
ن، الابن لديه مشكلة الشيخوخة
إدراك الحفيد، مارق,
كان لديه كل أسباب اللوم

نهاية سعيدة أو نهاية حزينة,
لستُ أنا من يناقش هذا
لدي بعض التعليقات، هنا ن,
هناك حكم يجب أن يصدر

كل الآباء، يجب أن يقفوا
و يقول : "اللعنة، أنا أهتم بك يا سيد فلان وفلان
أنت لا يمكن أن تكون كبيرة بما فيه الكفاية، أن تطلب مني
أن أهديك جذعي الخاص".

"أنا بخير, مع نواياك,
كما أنني بخير، مع إهمالك,
لن أنتظر منك أن تضعني
أنا، في "دار المسنين",

وماذا في ذلك؟ إذا كان الأب لديه الحد الأدنى,
ماذا في ذلك؟ إذا لم يكن لديه شيء ليعرضه,
فماذا إذاً؟ إذا كان لديك الكثير والكثير,
لا يوجد سبب لإجباره على الانحناء.

من الأفضل أن تنسى، ما فعله لك،
النوايا، لا ينبغي أن تكون مقصودة،
الأخطاء عن طريق الخطأ، يمكن أن تغتفر،
الأخطاء الفادحة؟ لا على الإطلاق. يمكن أن تكون قاتلة.

أعزائي جميع أبناء هذا العالم،
لدي طلب بسيط،
أظهروا الاحترام لوالديكم،
من قلبك من الداخل، ليس مزيفاً.

اليوم، أنت ابن، الأب التالي،
ابنك هو الناسخ الرئيسي.
كل حركاتك آمنة،
في ذاكرته، لاسترجاعها لاحقاً.

شديدار

أنا مغرم بارتداء
بيجاما شوديار.
مع كورتا مخملي.

لدي أربعة مشغولات
أزرار ذهبية، مع
الماس على ذلك Surti.

أنا لا أهتم بـ
الناس، لقد
خدعت، مرارا وتكرارا.

ما زالوا يجلبون لي
كل إكليل، إلى
وضع على رقبتي.

لقد تحققت
ليس لديهم شيء
ورقبتي آمنة.

يطلبون مني وظيفة
وأنا لن أعطيهم
إنهم لا أحد

لا بد لي من تلبية الكثير,
الذين يساعدونني للفوز
في العديد من الإنتخابات

يجب أن يعرفوا,
أنا وزير
ليس لدي وقت فراغ.

الألبوم

كلما جلست
مع ألبومي
كلاهما يضحك على بعضهما البعض

كلاهما قد كبر
قديمًا، وخافوا
أن يتم التخلص منهما
عاجلاً أم آجلاً

أرى قصة
خطوة بخطوة، كل
الحوادث
سيئة، أفضل، أفضل، أفضل.

أستطيع أن أقرأها بصوت عالٍ
أقول كل الحقيقة
لا أهتم بـ
هذا العالم، أي أكثر من ذلك.

مع خالص تحياتي لك

عزيزي القارئ، لقد بذلت قصارى جهدي
لتطوير الثقة في الطبخ بشكل أفضل.
من مطبخي، العديد من الوصفات الشهية
سيتم تقديم الوصفات في وقت واحد.

أنا أدرك أنك تتوق إلى المزيد من
التنوع، والمزيد من التنوع خلال كل
عرض تقديمي، تحليل دقيق,
من خلال مخطط سنيلين لرؤية 6/6.

على الرغم من أن كل كاتب يرغب في الحصول على
شهادة وأوراق اعتماد ملحوظة,
دعوني أكون، مختلف قليلاً في أسلوبي,
أرغب في التواصل مع كتاباتي.

إذا كانت الكلمات ترقص، مع ألحاني، فإن
تصميم الرقصات ناجحة، وإلا فلا.
أنا لم أر شلالات نياجرا، لكنني أستطيع
أن أتخيل ضخامة الرعد.

ملايين الجالونات من المياه، عندما يحصل
تهزم، بواسطة حلقة قوس قزح، مصنوعة من
جزيئات الماء الصغيرة، ترتد في الهواء,
أرى كلماتي تطفو أيضاً، أنا أيضاً أفوز.

لدي قائمة أمنيات خاصة بي. لقد قمت
وضعت بعض محركات الأقراص الحصرية، لتأخذني
إلى، لم يسبق لي أن رأيت المناظر الطبيعية من قبل، حيث،
أنا، أفكاري و إيقاعاتي و كلماتي تتجول.

لا قيود "كلمات في كل سطر"، من هذا النوع,

زخارف مصطنعة، يتم تصغيرها تلقائياً,
القلب والعقل والموضوع، يندمجان كلياً,
أنا، أنا الكاتب، أصبح مجرد كاتب اختزال،
أنا أتألم، عندما لا تحصل حتى كلمة 'واحدة' على
تحصل على دعم للمزاج وتصبح نبرتها خافتة.
هدوء الهدوء الهادئ من اللونين الأزرق والأخضر، يتم تجاهله
من قبل كل ما يجذب الانتباه، الغرباء، بالنسبة لي.

ألوان أساسية أو ثانوية أو ثانوية أو تكميلية أو 3
مكملة، لديها القدرة على التكاثر إلى
ملايين الأطياف المتميزة، دون تشويش,
أنا أحبك" هي كلماتي الثلاث، وهذا كل ما أملكه".

بازار

في أحد الأيام، ذهبت إلى
تشاندني تشوك"
مع زوج أختي
شقيق زوجي
.لم أتمكن من العثور عليه

عند السؤال، ابتسم وقال
أحد أعضاء"
,من، سلطنة المغول
حولت الشوك
."إلى بازار"

لكن لماذا؟
لاستيعاب
.أحفاده

لكن لماذا؟
لإنقاذهم، من
.الهجوم البريطاني

أوه نعم؟
,نعم، هذا هو السبب
سوف تجد الكثير من
.أواب صهيب هنا

راقصات الباليه

راقصتا باليه,
كلاهما قريبان مني.
واحدة كرة من النار,
والأخرى بيضاء كالثلج
الجميع يحتشدون لرؤيتهما,
احصلوا على بطاقة المرور

مع الأحمر المترامي الأطراف ن
رداء طويل، عندما واحد
يخطو على المسرح
كل القلوب تتوقف، مع
لها الجاز، الفالس ن رومبا,
الجميع محاصرون في قفص عاطفي

مع باهظة الثمن، متجول
رداء أبيض، عندما
تبدأ الأخرى رقص التانغو
ساقها البيضاء الطويلة الناعمة
ساقيها، تنقر على روح الناس,
مع الطبول والبونغو والكونغو،

أفريكانا

خمس نساء أفريقيات
يمرون من خلال السياج
سمعوا صوت زئير
قادم من القفص

فتاتان صغيرتان، كانتا
خائفات من الزئير
ضحكت الأمهات، وقالت
"لقد اصطادوا خنزير بري".

خمس نساء أفريقيات
طويلات جداً ومستقيمات
جميعهن متشحات بالألوان،
تبدو، رائعة حقا.

خمس نساء أفريقيات
فخورات بعقائدهن
أيديهن وأعناقهن وآذانهن
يرتدين الخرز اللامع.

ذيل الكلب المنحني

ابذل قصارى جهدك,
لجعلها مستقيمة
لن يتزحزح
لن يكون مستقيماً

مجرمون محترفون
يستمتعون بارتكاب الجرائم
يجب أن يرشوا الدماء
قبل شاي الصباح.

باسم الخدمة,
جمع الدهون خلاف ذلك,
دور المستفيدين,
تبادلت للتو.

أتمنى لو كان لدي عصا، أن
سوف يستمع إلى أوامري,
أمر واحد فقط
يجعلهم بشر.

لكن لا، إنهم ليسوا ممتلئين
وليس لديهم حدود،
غاريبي هو ضرورتهم,
يجب أن يستمر الاستئصال.

المكوك

خيوط العلاقات
توضع حولي
بكرة، بشكل افتراضي.

أقوم بإنشاء بعض
الشفاه للحماية
والحفاظ عليها.

العلاقات ليست متساوية،
في الطبيعة؛ قد تتحول
كلاهما، حلوًا وحامضًا.

بعضها متنكر
والبعض الآخر صادق في
سلوكهم.

تعلمت أن أبقى
اليقظة، بعد بعض
خيانة الحياة.

البكرات سعيدة
كما الخيوط لا
طعنات الظهر.

الفضول

!يا جبل إفرست
صامداً أمام كل العقبات
كل المصائب، كيف يمكن
أن تبقى منتصباً
رأسك عالياً، صامداً؟

صامتاً، متأملاً، مغطى
بغطاء من الثلج"
لحن واحد، إيقاع واحد
بلا خوف، غير خائف، غير مبالٍ بـ"
عاصفة سماوية وتغيير
من الموسم، ولا حتى الخوف
من الانقراض؟ .

أنا وأنت، كلانا
عضوين مهمين
من أمنا الأرض ثم،
لماذا أنتِ لا تخافين
أنا جبان؟ لماذا؟
أشعر، أنني أكثر
?قيمة منك

,لماذا أعاني من
المرض، والشيخوخة، والقلق،
كام، كرود، لوبه، موها،
، الأنا، التوقع، وPaap
وأخيراً وليس آخراً الوهم؟
وأنت ليس لديك شيء؟
,أنا أحسدك، لأنني لا أستطيع منافستك
لماذا، هذه الحياة الإنسانية، قد
?أصبحت علامة استفهام بسيطة

جلطة في الدماغ المفكر

منذ فترة طويلة، كنت قد استمعت
أغنية شعبية على الراديو
لم أفهم الكثير,
لكني استطعت أن أفهم الجوهر

خالق هذا الكون
خلق البشر على الأرض
بعد أن كان سعيداً لرؤية
الحيوان كله سعيد.

بشكل خاطئ، أعطى الرب
عقلاً مفكراً لكل منهما,
على الرغم من التحذير
أعطاه له الآخرون.

كان البشر إنسانيًا,
التزييف لم يكن هناك,
لم يتم إنشاء الأقنعة,
قتل الأقران لم يبدأ بعد.

زعيم الجنس
كان لديه صداع شديد,
ذهب إلى فيديا الشهير,
وجد جلطة في دماغه.

أخرج الفايديا
الدماغ لإزالة الجلطة,
ذهب إلى مختبره
وانشغل بعمله.

في هذه الأثناء، وجدت
زوجة فيديا وجدت

رجل ميت على الحصيرة,
ألقت بالجثة.
بحث بشكل محموم,
كل شيء ذهب سدى، احتفظ
الدماغ بأمان في الخزنة,
انتظر عودة الرجل.

بعد سنوات قليلة، جاءت
جاءت عربة ضخمة إلى بابه.
نزل رجل يشبه الملك,
عرفه بالتأكيد Vaidya.

ذهب إلى الداخل على عجل,
أحضر دماغه بأمان,
لكن الرجل قال بلطف
إنه لا يحتاجها الآن.

وشكر زوجة
الفيديا، لرمي
له من دون دماغ، إلى
جعله سياسيًا كبيرًا.

الكسوف مرة أخرى غدًا

منذ سنوات، كتبت قصيدة عن كسوف الشمس.
لا أتذكر محتوياتها الآن.
لكنها بالتأكيد كانت تحتوي على إيقاعات أصوات العصافير.
كما احتوت على بعض الكلمات التي تشبه
خطى أقدام غير متزامنة لرجال غرباء ضائعين سكارى
وأيضاً، بالتأكيد، بعض الكلمات عن الخوف المروع والمثير للاشمئزاز,
مع رعشة هائلة من الجنون العجيب.

قبل سنوات، كتبتُ منذ سنوات قصيدة عن كسوف الشمس
أناس بسطاء محاصرون من قبل المحتالين في "زنزانة راهو كيتو"، مبتكرو ما
يسمى بالترانيم المقدسة، يدخلون بيوت الأبرياء,
لكسر أغلال الزنزانة.
ثم تبدأ الطقوس الأكثر قسوة من,
إبطال عواقب كسوف الشمس,
غسل الدماغ المنهجي والقرابين الكبيرة.

قبل سنوات، كتبتُ قبل سنوات قصيدة عن كسوف الشمس
"يا إله الشمس! لقد تخصصنا نحن الهنود في
إبطال فعلك القوي الهائل في الكسوف,
نحن لا نريد القمر بيننا,
نحن نعلم أنه إذا جاء بيننا،
سيجلب بالتأكيد الدمار.
نجح بعض الرجال الملونين الذين يرتدون ملابس ملونة
في إقناع الأبرياء، نحن

قوتهم لتجنب الدمار الوشيك,
التي نسمعها مفتونين".

قبل سنوات، كتبتُ قبل سنوات قصيدة عن كسوف الشمس
"يا إله الشمس! لم تعودي منقذة حياتنا,
أنت مجرد كرة من النار الآن,

في الوقت الحاضر، خلقنا
من خلال التخطيط المنهجي للانقلابات،
خطة استئصال شاملة مستدامة,
لكل من الطبيعة والقيم.
نحن لا نهتم حتى باحتمال عدم الوجود
لأجيالنا المستقبلية اللاحقة.

قبل سنوات، كتبت قصيدة عن كسوف الشمس.
حاضرنا، وغرورنا، وآثامنا,
وشوفينيّتنا التي تجاوزت الحدود.
كلنا نحاول المضي قدماً
متجاوزين إخواننا
نحو وجهة مجهولة,
بالطعن في ظهر الآخرين.
معتقدين أن "هذا صحيح، هذا عالمي، هذه هي الحياة,
وهو سبب للعيش".

هناك كسوف للشمس غداً مرة أخرى,
ولا يمكن إيقاف القمر
من القدوم بيننا.

مرحباً سيد سون

اقترب المساء
سيذهب إلى ما وراء
الأفق، بعيدًا

لكنك لا تعرف
بعد أن تغادر،
الضباع نشطة.

يحبون الليالي المظلمة
إنهم يستغلون
من اللامبالاة من قبل الجميع.

يتم نهش الأبرياء،
لا ضوء، لا طريق
لا مأوى للعيش.

عندما تكون هناك
هم عرضة للخطر،
يعملون في الحقل

عندما لا تكون هناك
يكونون عرضة للخطر،
عليهم أن يذهبوا في العراء.

هل تعلم يا سيد شمس
كل من النهار والليل، هو
كابوس، بالنسبة لهم؟

المواجهة

لا أهتم,
عندما تكون الكلمات
أجرؤ على المواجهة

أنا أناقش,
أنا أجادل
و أتحدى
أنا أثبت في النهاية,
لم أقم على الإطلاق
خلقت الكلمات.

بل على العكس,
الكلمات
خلقت الشاعر
في داخلي.

لذا، إذا كانت الروح
من القصيدة
تبدأ بالضحك
لا تلوموا
الشاعر أو الكلمات.

لوموني أنا، كما أنا
مجرد كاتب
وليس الشاعر

النقوش

,إنهم، في سباق فئران، ليكونوا "بادما" شيء ما
.تستمر المفاوضات، دون انقطاع، للقرار النهائي
,طرائق، مصممة لوضع شخص ما في القائمة
.يتم تركيب جولة غير مستحق في نقر مربع

,لا تشعر أبدًا، سيكون ذلك كارثيًا على النظام
.إنه جزء من أوكتاف سياسي، سيبدو مهدئا في وقت لاحق
,بدورها PIL أو RTI بعض النعامة طويلة العنق، قد تقدم
.يحصل على الرضا، الله أعلم كيف، يصبح أكثر ثراءً

في العاصمة، يجب أن يكون كل من الأرز وخشخاش كاليفورنيا
,موجود، لإظهار "الوحدة في التنوع"، في البانوراما الهندية
'هو، الفلورسنت مثل، مفهوم، 'موجود وغير موجود
.الطبقة الوسطى نحن، هيبومانياك الطبقة الوسطى، الطبول لا يهم

الفرسان في زي مختلف، شكل كوروكشيترا كل خمس سنوات، يلعب دورًا محوريًا
,(الطبقة، العقيدة، المال، العضلات)
.على الرغم من طلب الحكم، أنفسهم يعلنون المرسوم
.من الأفضل أن تظل الخزانة مغلقة، حتى يتم فتحها يومًا ما

.في انتظار بفارغ الصبر، حتى يُكتب في ذلك اليوم ما

الجوع

ما زلت لا أعرف,
ما هو الجوع؟ أجدادي
أجدادي وآبائي
كانوا في السلطة منذ فترة طويلة.

لا يمكنك لومي
إذا لم أستطع تعريف الجوع
مؤخراً طُلب مني
الذهاب إلى منازلهم، لأشعر

تحت عدسة وسائل الإعلام، و
الناس من حولي، أنا فقط
يمكن أن تدخل إلى كوخهم
مزينة بشكل جميل، بالنسبة لي.

أعلنت، كل من الفقر
والجوع، إلى الأبد، سوف
سيتم القضاء عليه، كما قيل لي، لا
مع العلم, أي منهم, حسنا.

الأم القدير

أيتها الأم العظيمة
أقف أمامك
مطوي اليدين، في
طابور طويل جدا.

أشك، تسمعني، بلدي
الرغبات صغيرة جدا,
كلها متساوية بالنسبة لكِ يا أمي
عليك أن تلبي كل شيء،

هذا كل ما لدي لأقوله،
تنعكس في لوحتي، أنا
لقد وضعت هذا الرمح الثلاثي
لخلق بيئة مسالمة.

أظهر لهؤلاء، الذين يعارضون,
لا يزال بإمكانك قتل شيطان,
وتحمل زهرة اللوتس للجميع,
إنها حقيقة، وليست مجرد موعظة.

هل العمل السريع يعطي نتيجة جيدة؟

العديد من الفتيان والفتيات الصغار
يأخذون حياتهم المهنية على محمل الجد
لدرجة أن العديد من العلاقات تصبح
مجزأة دون داعٍ.

بحلول 22، ينهون تعليمهم
بحلول الـ25، يكملون التخصص
بحلول الـ27، يحصلون على أول ترقية
وبحلول الـ29، ينسون كلمة العاطفة،

كلنا آلة بشرية،
نحن نملك حياتنا الخاصة،
من قال أن الحياة ليست جميلة؟
ليست كعكة تقطع بالسكين.

تعاليمنا كانت بسيطة،
بطيء وثابت، يفوز بالسباق.
تعاليمكم معقدة،
سريع وثابت يفوز بالسباق.

مؤسسة الزواج؟ ماذا؟
هذا هو رد فعلك،
لا إيمان بالالتزامات،
إذاً، أنت تؤمن بالعقد،

الطلاق لا يزال مؤلم بالنسبة لنا،
أنت تطلبه بكل سهولة،
نحن نؤمن بالعلاقة الطويلة،
أنتِ، أنتِ تطلبيها على الفور

ليس لديكم حد للحيازة،
هذا هو القيد الأكبر،

أنت لا تحتاج إلى عائلة أو طفل,
دائماً، في إنكار أو تردد.
على الرغم من أنك أفضل منا,
بالتفكير العقلاني والعمل،
الإيمان المطلق بالفن السلوكي,
لكن، الإيمان بنظرية الكسر،

أنت أسرع في صنع العلاقة,
أنت أسرع في كسر العلاقة,
طفلك ينمو في دار الأيتام،
وأنت تنمو عازباً في قصر.

ماذا لو، لم نهتم بك؟
ماذا لو لم نقم بالتضحية؟
ماذا لو تصرفنا مثلك؟
هل كنا سنعيش في الجنة؟

كنت بحاجة إلى إصبع لتضمه
شخص يوقظك في الليل
المال المكتسب بشق الأنفس لحاجتك
ببساطة لتنسى، عندما يحين الوقت المناسب؟

نصيحة أو يمكنك أن تسميها الحذر,
تذكّر، أنت لست لوحة إرشادية،
حتى الغربان، تتغوط عليها أحياناً،
بلا معنى، كل ما تكتنزه أنت،

اذهب، افتح ذراعيك، نحو السماء,
اطلب المغفرة والحب والسلام،
كوّن عائلتك الخاصة، وعيش مع,
الوالدين، العم، ابن الأخ وابنة الأخت،

أربعة إطارات في منزل

عائلة سعيدة للغاية,
أم، أب، زوجة
مع طفلين

موظف في البنك
دخله جيد
انتقل إلى المترو

ضربه البرق
توفيت زوجته بسبب الدم
السرطان مبكراً جداً

خمسة وعشرون عاماً
مرت، لم
ينسى الابتسام.

كلا ولديه
تزوجا و
عاشا بسعادة.

توفي الوالدان
الشيخوخة، واحد تلو الآخر
واحد في غضون عام.

كان وحيداً، وفي أحد الأيام
يوم ما، فجأة
تألم ومات.

ذات مرة، ذهبت إلى هناك,
كان هناك أربعة إطارات
على أربعة جدران بيضاء.

غياباً

أحاول بنفسي، يومياً,
دائماً غياباً
لا قوة للدفاع,
الحاسة السادسة رهاب،

أطنان من الخوف غير العقلاني,
يوقفني للكشف،
وضع الرعب حولي,
أصبح مجرد بكرة.

الحقيقة تبقى في الداخل,
كل ليلة، أواجه
مع الأحلام المخيفة،
واحسرتاه! كنت هاري بوتر.

داخل مقر العمل,
في الخارج، في المقهى،
القطط الكبيرة تنتظرني,
تعرفني بـ "هي ماوس".

حان الوقت لفضحهم,
إنهم يتحركون تحت غطاء,
يجب أن يفهموا الآن،
وقت قفزهم قد انتهى،

فينجسوي مستورد

دون انقطاع، أراقب
جميع الكواكب والنجوم,
مفاهيم "SaadeSaati"،
"Mangal" أو "Kalsarpayog",
دع الجميع يجلس في بلدي "Kundali",
رعاية أنا لا، لأن،
الإفراط في الحماية Fengsui,
تم تأسيسها في بيتي,
بشكل دائم في كل زاوية.

تشوتكي"، الفتاة الصغيرة",
إذا عطست أو سعلت,
لدي خياران,
إما أن أضع الكحل خلف أذنها، أو
أطلب من "بوذا الضاحك" أن
أن يوقف العطس.

اليوم أنا أقسم
سوف أتخلى عن كل ما هو علمي
والمعتمدة سريريًا كل
النصائح الطبية واستبدالها
بالتروس الواقية التي صنعتها بنفسي,
مصنوعة من بلورات الفنجسوي,
وجود الإشباع في كل مكان.

نتيجة الامتحان، والقبول بنجمة أو
التوظيف الممتاز، كلها
محاصرون في أجراس الفنجسوي تلك
تدق بلا توقف من خلال لمساتي,
ستجلب النجاح بلا شك,
سواء كنت أستحق أم لا.

اتبع الوصفات المكتوبة
في المدينة المحرمة,
الأكثر ملاءمة لضعاف القلوب,
الحمقى والجبناء، الذين جعلوا
إفنجسوي إلههم القدير
لذا، ماذا لو كان لدينا 33 كرور خاصة بنا,
لا تخجل من استيراد كل شيء,
من دبوس إلى الله صنع في,
البر الرئيسي للصين.

كانشينجونغا ويونغفراوجوخ

كلاهما يتصدران في
الرتبة والعظمة,
مغطاة بالبياض
بطانيات ثلجية.

استخدم لعبة القطار أو الكابل
للوصول إلى هناك إلى الأعلى
لالتقاط، مرة واحدة في
تجربة العمر.

انظر تحتك، انظر
انتشار اللوحة الرائعة
قماش، جميل
صُنعت من أمنا الأرض

متشابهة، سواء كانت
الهند أو سويسرا,
الأمهات لا
تفرق بين

جبل إيفرست أو جبال الألب.

ضار بالصحة

فكرت، أنا
فيدوشاكا الأكبر، أنا
كنت مخطئًا، وجدت
كثير من الناس على طلبي

أجد بصمة في كل مكان
من العلبة إلى الحقيبة,
"التبغ يسبب السرطان",
لكن، لم يتم حظر إطلاقه.

إنه وضع خاسر في كلتا الحالتين,
عامة الناس دائماً يخسرون,
وكلهم يربحون إلى الأبد.
وسوف يدخنون ويشربون الخمر.

عن طريق الخطأ، ذهبت إلى
معهد أبحاث السرطان.
لا يحتاجون إلى عينة الآن,
هل لديك السكان مع الامتنان.

في فيلم ساجانيكانت,
ظهرت لفيفة أدناه,
"التبغ يسبب السرطان",
ألقى ساجانيكانت بولو.

ذهب مع الريح

.غادرنا جميعًا دون ذرة من التلميح
,يعاني من مرض غير معروف
,تم وضعه في مجموعات من الآلات
,نحن، انتظرنا في الخارج، لمدة شهر أو نحو ذلك
.أقارب المرضى كانوا قريبين نسبيًا

,متلهفين للحصول على أخبار التحسن
,حصلنا على، أحيانًا نعم، وأحيانًا لا
,كان محبوب الجميع، مبتسمًا دائمًا
تلك الابتسامة التي كانت علامته الخاصة
كانت، معدية وجذابة جداً

,أصبح المستشفى مكاناً للاجتماع
.كل المقربين و الأعزاء أتوا لرؤيته، لكنهم فشلوا
,الأطباء، لا يريدون أي عدوى جديدة
.كما، تم حجره صحياً وتنفسه
.وفجأة، ذهب مع الريح

,مدمر, بهذا الفعل الإلهي, غاضب نحن
,أدينا جميع الطقوس، عدنا إلى أوكارنا
,أكملنا قيود 10 و 12 و 13 يومًا
,احتفلنا بيوم "نيامبهانجا"، بدعوة الجميع
.تم ترتيب وليمة للبدء من جديد

,أولئك الذين ضحوا بشعرهم، انتظروا لفترة أطول
.أصبح الوقت معالجًا قاسيًا، لكل المعاناة
,حتى انغمسنا، الآن في ارتباطاتنا
.لم يكن لدينا الوقت، للاستفسار عن الآخرين
.ذات يوم، نسينا الحلقة المحبطة

سؤالي هو لماذا وكيف يحدث هذا؟
الإجابة على السؤال الفلسفي قصيرة.
الأجرام السماوية دائمة، ولا شيء غيرها، إنها
جنة الله الخاصة، لا يجوز أن تكون فوضى.
البشر هم أفضل الزهور في هذه الحديقة.

لا أحد يحب البرية الذابلة، لكن الحديقة المعجزة,
في وقت ما، اذهب إلى دبي، لتشعر بما أعنيه.
أنا، أنت، هو أو هي يجب أن يأتي ويذهب كما قيل له,
لا جدال مسموح به، لا تمديد للوقت.
أبدا أبدا، حاول أن تزعج هذا العالم النابض بالحياة.

ليس لديك الكثير من الوقت للبكاء لفترة أطول,
أنا، لذلك، أعلن، لا يجب إضاعة الوقت,
لإطالة فترة الحداد، اجعلها أقصر,
كما ومتى، أودعك مبتسماً ومصفراً,
يجب أن تبدو مثل بيج بي في 102 ليس خارجا. كانت فريدة من نوعها.

بشارة الوفرة العاجز

حدث ذلك فجأة، أ
قالت ممثلة بوليوودية كبيرة
الويفيرا يجعلها أجرة !!!

باس!!، كل الحدائق، كل
المشاتل، امتلأت
بطلبات طلب التوريد.

الآن، نحن نستخدم الوفيرا في جميع الأماكن,
من معجون الأسنان إلى معجون الأكوام.

موصى بهAyurvada ولكن، ,
غريت كوماري" قبل 2500 سنة."

من يهتم؟

العذاب غير اللفظي

,أنا وزوجتي
عائدين من حفلة
,نقود السيارة في ليلة ممطرة
.كانت المحادثات دسمة

,كان الوقت بعد العاشرة ليلاً
,"كنا على الطريق السريع "إكس
,رأيت يدًا تلوّح
كان ذلك يزعجني

,زوجتي سحبت السيارة
بجانب جثة حية
ملقاة في بركة من الدماء
.كان شيئاً رديئاً

أعطت زوجتي شالها،
ومسحت دمها ودموعها
,حاولنا مواساتها
.كان الخوف يتملكها

,أخذناها إلى مركز الشرطة
لم تكن قادرة على الكلام
سجلت الشرطة قضية
.للتعامل، مجموعة من المسوخ

كانت بلا حراك، مع
عذاب هائل في الداخل،
,لم تستطع النطق بكلمة واحدة
على الرغم من أننا كنا هناك بجانبها

,الأطباء، الممرضات، الممرضات، فتى الجناح

جميعهم ركضوا نحو سيارتنا
أخذتها النقالة إلى الداخل
على استعداد لإصلاح ندبتها
سبعة عشر غرزة في المجموع
في منطقة البطن
يجب أن يكون المجرم قد أعطى
ضرباتها بنشوة،

,القصة لا تنتهي هنا
لقد ذهلنا عندما وجدنا
الفتاة كانت صماء وخرساء
كانت عمياء جزئياً

عندما أدركت ذلك
,انها آمنة تماما
حاولت جاهدة أن تقول لنا
لكن بالنسبة لنا كانت غامضة

,فشلت مراراً وتكراراً
,دموعها حجبت بصرها
ربما حاولت أن تنقذ
.نفسها، في تلك الليلة الممطرة
,المفاجآت، واحدة تلو الأخرى
عندما وجدنا إعلان
معلم لمدرسة خاصة
.مفقود؛ جعلنا غاضبين

كانوا أربعة في المجموع، هم
,درّبوا فتاة لتكون خرساء
,أخذوا الفتاة في المدرسة
.الخطة كانت شريرة ومخدرة

الفتاة، قال المعلم
,إنها تحتاج إلى تدريب خاص
وافق المعلم، لكنه كان
خطة صيد غير مشروع،

بعد خمسة أسابيع من الحادثة،
بقيت في غيبوبة عميقة,
استغرق الأمر ما يقرب من سبعة أشهر
لتعود من الصدمة.

بين الأوغاد الأربعة
تم إصلاحها لجريمة أخرى,
اعترفوا بجرائم أخرى
ارتكبت، خلال ذلك الوقت

تم إرسالهم إلى حبل المشنقة,
مكافأة مثالية لهم,
لقد عادت، في صفها،
غرزها، فقط الحاشية

تشارلي شابلن

لدي عادة سيئة.
أتحدث، في كثير من الأحيان
لشارلي شابلن
بشكل سحري رائع

أحب أن أراه في
ملابسه المصممة
وشاربه المصمم
القبعة، الحذاء والهجاء

شفاه غير مرئية، و
عيون كبيرة مشرقة جدا,
معطف الجد
مع عصا خفيفة جدا.

أشكر نفسي للحصول على
له في شكل صورة,
علمني كيف
أحب عاصفة البرد.

أوروبيندو، من أنت؟

,جاء صوت ساحر من الخلف
"مرحباً، أوروبيندو، من أنت؟"
.استدرت وبحثت وذعرت، ولم أجد أحداً
من يجب أن يسأل؟
,زاد الفضول، كما سمعت بوضوح
.اسمي "أوروبيندو"، في هذا السؤال

إذا كان شخص ما يعرف اسمي، فكيف
يسأل عني؟ في النهاية، فإن
,واحد، الذي سأل السؤال، كان
.داخلي أنا، سأل عن خارجي
,عمره قديم، حكيم قديم وتراث قديم
السؤال، "من أنا؟

يمكنك أن تسميه عتيقًا أيضًا. حاولت جهدي
للقبض على داخلي, فكرت, سوف تكون قادرة على
.معرفة نفسي بعد بعض المناقشات الجادة
كان ذلك قبل 70 عامًا، وما زلت في
.وضع المناقشة بيد فارغة وعقل فارغ
.ثم فكرت دعني أسأل طرفًا ثالثًا، ناقدًا

مرارًا وتكرارًا، قال تولسيداس هذا
نقادك هم أكثر من يتمنى لك الخير
غير مستعدين بمعدة فارغة، فاملأهم

,بأشياء كثيرة. في جاءت الحقيقة
,كل مايا، أوروبيندو، كل مايا"
,لا شيء حقيقي في هذا العالم
كل الأحلام، فهمت"؟

,لا، لم أفهم. إذا"
لا شيء حقيقي، ثم كل ما
.ما تقوله، غير صحيح أيضاً." قال لي
,وإذا كنت غير صحيح"
."إذاً وجودي حقيقي
.لقد أربكتهم، فتركوني

,كنت سعيدًا بالبدء من جديد
,البحث في أصغر خلية
,التي لديها كل الخصائص
في هذا الكون، الهواء والنار
.الماء، الأرض والماء والفضاء
,حسناً، إذن؟ لا بأس. أضف الغريزة
.الشعور ومواقع الذاكرة

إذا، يمكنك القيام بهذا التمرين، ثم
لن يكون هناك أي فرق
.بين اللانهاية والصفر
,كلاهما له نفس الخاصية
,داخل نفسه. إنهما عالميان
.كلي الوجود وكلي القدرة

الإباضة والتطور هما
.نفس أوروبيندو، قال أوروبيندو
يدك ورجلك وجذعك وحتى كل

الجسم هو لك. أنت لست ساقك
ولا أي طرف آخر. لهذا السبب، أنت
,لست جسدك الجسد هو الشخص الثالث
.بينما أنت الشخص الأول والثاني
.وقد أربكت نفسي، مرة أخرى

المراقبة

أتذكر، له
اسم شاندي
كان المراقب
لصفنا الحادي عشر.

عادة، أفضل
صبي في الفصل
يجب أن يعطى
هذا المنصب الكبير

لكن الولد الأفضل
لا يجب أن يكون
نجم حملة
من مدير المدرسة.

عرف شاندي
متطلبات
جيدا، أن HM
الرتبة لم تكن موجودة.

كان يلعب، في
البطولات، و
لن يجلب أبدًا
ميدالية، لكن لا بأس بذلك.

لم نصبح
مراقبًا أبدًا.
نحن، كنا أصحاب رتبة.
هذا كل ما كنا عليه.

بعد عقد من الزمن، نحن
أصبحنا نعرف ذلك,
أصبح
بائع، في متجر.

مرة أخيرة

أخي العزيز
لقد قررت الرحيل
تمنيت أن أعانقك
للمرة الأخيرة.

التهوية، قاسية جدا،
منعتك تماماً،
كنت في عذاب،
كنتِ تعانين من ألم حاد.
لم يستطع الأطباء أن يقولوا
لماذا تركتنا،
قالوا فقط:
"الأسباب غير معروفة".

لقد جعلتنا ننتظر،
تركتنا بدون
تلوح لنا، حرمتنا
لنعانقك
لمرة أخيرة.

المترادفات في الحياة

نهضت وفي يدي وردة حمراء,
فضلت أن تحبط عاطفتي,
ورمت عليَّ برقائق معدنية بدلاً من ذلك.
انتظرت الموعد بفارغ الصبر، لكن,
هي لم تهتم، مشغولة بأكل التمر.

كان علي أن أحني رقبتي لأراها,
من الخلف، تبدو جميلة، كما
دائما كرافعة، غير مبالٍ بـ
الرافعة بجانبها لرفع
علبة القمامة القريبة. كيف يمكن
تتجاهل حبي؟

سأحب أن أنتظرها إلى الأبد
تتركني في الحديقة
أجد نفسي على أكوام
أوراق الشجر التي نشرتها هناك

شبكة حولي، أنا محاصر,
لكن، ما هو مكسبها الصافي؟ هي
تبقي نفسها مشغولة في العديد من
الأنشطة، هل هي مشغولة حقًا؟

لقد رسمت نقطة بعصا,
على الأرض، لم أستطع
أن أشير إلى ما إذا كانت نقطة نهائية
توقف كامل، لحبي من جانب واحد.

أتوقف عند نفس المحطة يوميا,
تأتي من الجانب الأيمن
من الممر، في الوقت المناسب.
لديها الحق في الصعود أولاً

لأنها سيدة

لديها مقعد محجوز لها للجلوس,
في الحافلة أو الترام أو المترو، كل
نساء مدن المترو متشابهات,
أقنعتهم تخفي العار

خمول-لوجيا

ذات يوم، بينما كنت أتجول في
أي شارع من شوارع الهند
لاحظت فاتورة مذهلة
ملصقة على باب، مكتوب عليها
"هنا يعيش هنا خبير في "علم الخمول",
"تعال، ادفع وتدرب".
فضولي، دخلت متوتراً.
كان يتأرجح على كرسيه الهزاز.
سألته بحذر
"هل أنت خبير في "الخمول"؟"
"أوه، لا!"
أنا أعمل لمدة 18 ساعة في اليوم,
أعطي التدريب للناس,
"كيف تكون خبيراً خاملاً".

"من هؤلاء الناس؟",
يا إلهي
"الناس الذين يستهلكون الأجور بدون عمل",
نظر إليّ.
"هل يمكنني الحصول على توضيح؟" أنا.
"نعم، لم لا؟"
الأوروبيون يحسبون الأجر
على أساس العمل بالساعة;
في أمريكا (؟)، الأجور

تتناسب طرديا مع العمل المنجز.
"ولكن في الهند يتناسب عكسيًا".
أجاب في بديهية رياضية باردة.
والبديهية لا يمكن إثباتها أبداً.
فقلّدته قائلاً: "ومع ذلك، لا يزال التفسير مناسباً".
ثم جاء التفسير المؤيد,
أرسل بهارات حوالي 540 كاهنًا غريبًا ليهتموا بـ"

"لدينا "معبد العدالة المسمى بالبرلمان".
وتابع: "هناك، القاعدة بسيطة,
الكاميرا في وضع التشغيل - الصراخ في وضع التشغيل,
الكاميرا مطفأة - الصراخ على".
كلهم مدربون هنا.
قفزت من مقعدي وصرخت
"واو! مثير للاهتمام".

عرضت نفسي لدورة تدريبية مكثفة.
تم تسليمي بطاقة التعريفة الجمركية,
"يجب أن تكون إما موظفاً حكومياً أو"
"مصرفي أو سياسي على الأقل"
"المحتويات من فضلك"، طلبت بتواضع.
"يتناول عدم استغلال الوقت وعوامله",
في الشاي، القهوة، البان، الغداء، ومرة أخرى الشاي والقهوة والسمبوسة,
كلها داخل المبنى,
يجب أن يتبع قانون
مثلث متساوي الساقين من القساوة.
أيضا، المفاوضات، والمساومة,
التلاعب والتسليم,
"كلها خارج المبنى".
قاعدة:" بمجرد القبض، لا يرجع أبدًا,
قرض أو ما شابه ذلك,

عدم إرجاع المذنب أبدًا. في نفس الوقت,
يجب أن يموت بعض المزارعين, لصنع منصة,
لوضع عرشك المستقبلي عليهم.
مثيرة!" لقد سجلت نفسي، في دورة مكثفة.
أصبحت خبيرًا "خبيرًا" في "المنطق العاطل"، ولدي
شركة تدريب مزدهرة مع العديد من الفروع.
ومعدل الطلب
في ترتيب متزايد من حيث الحجم,
رياضياً.

بوليتيكو غير نباتي

غير نباتي
يجب أن يمتلك صفتين.
يجب أن يكون قاتلاً، و
يلتهم ما يقتله.

البقاء للأصلح؛
قرأ هذه الموعظة في
الكتاب. الآن هو يعلم
يجب أن يكون قاتل سريع.

يتجنب نظاراته الشمسية،
وضع نظارات المال بدلا من ذلك.
واو! الخضرة في كل مكان!
الكثير من الأشياء للقتل!

إنه سعيد بـ
التحول. لقد عرف
يمكنه الفوز؛ كل الأصدقاء في
السباق، سيقتل الآن.

جالافات تارالانج أو صافٍ مثل الماء

كالعادة، جلست على طاولة الكتابة,
مع دفتر الكتابة والقلم.
فجأة، وجهان أحمران
ظهروا من العدم أمامي.
كانوا، آنسة الشعر وسيد القصة.

غاضبان ومهتاجان، كلاهما جاءا إليّ بشدة,
خفقان وعرق وتوتر,
اجتاحني، كل من حولي، نظرت إليهما،
بفضول ودهشة، كما لم يحدث من قبل،
السيد ستوري، أراد أن يبدأ، ولكن الآنسة شعر اعترضت.

انتظر، سيد ستوري. دعني أسأل الكاتب، أولاً
مهلاً، أنت، انظر إلي، لماذا تعمدت"
"خلق سوء تفاهم بيننا؟
كنت في حيرة من أمري. لم أكن أعرف، لقد أفسدت الأمر.
"أنا لم أفهم، من فضلك قل لي ماذا حدث".

لدي شيء أريد أن أوضحه"، قالت الآنسة شعر".
عندما تبدأين في الكتابة، من يأتي في ذهنك أولاً؟"
هل آتي أنا بكل ثيابي ومكياجي؟
أم يأتي سيد القصة بالحبكات والكلمات؟
"إذا كانت الحبكات جاهزة، فمن سيقرأ لي يا سيدتي الكاتبة؟

أتفق معك تماماً يا سيدة الشعر".
لكن هناك كليشيهات حلوة في السرد.
الإيقاع والتدفق هما شريانا الحياة,
الاستخدام القضائي سيفرق بينكما".
ليس واضحًا جدًا"، صرخنا معًا".

قلتُ: "المظهر يصنع هويتك".

,دعني أوضح، "كلاكما من إبداعاتي
,لذا بالنسبة لي أنتما متشابهان. دع القارئ يجد
الفرق، بينكِ وبينك. إذا كانوا
.قالوا، أنتِ شعر، فلا بأس بالنسبة لي" أصرح

,تابعت، "وإذا أرادوا قصة
".سأقوم، فقط، بتغيير أسلوب السرد. هذا كل شيء
,حسنًا، أخبريني أنتِ يا آنسة. إذا لم تكن هناك قصة، إذن"
هل يمكن أن يكون هناك شعر مناسب؟" يبدو أنها
فهمتني. القصة في الشعر، يعني من هو من؟

فجأة وجدت كلاهما يبتسمان، و
,ببطء، خلطوا أنفسهم ببطء، و
.أخيراً، ذابوا أنفسهم، في واحد
,بمجرد أن، بدأت، صرخ القلم
."يا كاتب، أين العنوان؟"

."لا يمكنك الكتابة، بدون عنوان صالح"
,هذا ليس أسلوبي، حتى، أكون راضياً
حتى يتضح السرد، أنا لا
حتى أفكر في الأمر، العنوان هو روح
.إبداعاتي. يجب أن يكون واضحاً

كلمة المرور

لم أتمكن من تسجيل الدخول.
كان الأمر فظيعاً,
رأيت حياتي
تمر
بدوني.

ذهب كل شيء بسرعة,
أمامي.
بقيت

بشكل محموم,
بحثت;
أنا أحمق.
نسيت
أسهل
كلمة المرور.

يا إلهي!!! لقد كانت
صورة معكوسة
لنفسي

كلمة المرور
التي يمكن أن
فتح حياتي
صفحة، بسيطة
وسهلة. كانت
"منافق"

جانمابهومي

جاناني جانمابهوميشا سوار غادابي غارياسي,
ربما كتبها فيلسوف مجنون,
إما أنه كان يتظاهر بمعرفة معنى سوار غالوك,
أو أنه كان يفترض أن، "آل بخير" في مارتيالوك.
سنغور، أو غودهرا أو ضفة جلم,
لون الأحمر متطابق في كل مكان,
إنها الأم التي تعاني أكثر,
لأنها لا تستطيع تحمل الألم والبكاء,
من أبنائها وبناتها بعد الآن.

الجميع يتوق إلى الشهرة,
بالخداع أو بالاحتيال
لكن لا أحد بأعماله النبيلة
المجروحين والمتعثرين يتجاوزهم الأذكياء,
لكن يساعدهم الحمقى
قد يخسرون حتى أجرهم اليومي،
مفلسون في قيمهم
كثير منهم يحترفون اللوم,
فقط أصواتهم عالية كالأوعية الفارغة.

غير مدركين للتداعيات,
البعض ينتقدون نظامهم الخاص،
متجاهلين سخرية الآخرين.
الجيران، القريبين والبعيدين

يستغلون دون وجه حق,
من عقليتنا المعروفة بعدم اليقظة,
تصرفات غير صحية، ومطولة، ومشكوك فيها,
ممن يسمون أنفسهم بالمتمنين بالخير داخلياً وخارجياً.

جعل العدد أكثر من الحد المسموح به,
إلى متى يا أمي، إلى متى يجب أن نصدق,

فرضيتهم الأسطورية للصداقة المستدامة؟
غير قادرين على حساب درجة الخطر,
بين، التحفظ والأقلية، ظاهرة.
بصرف النظر عن الجيرة مروج الحرب,
العداوة نفسها قد رسخت جذورها,
داخل شرايين المواطنين المتمركزين حول أنفسهم,
آخرون، غير مبالين، سعداء الحظ،
غير آبهين بإهانة الأم المحتملة,
نزيف محتمل وإبادة محتملة.

لماذا لا ندرك، الحرية ليست حرة.
لا حرية في التلقي ولا حرية في الحفاظ عليها.
يجب توزيع الثمن علينا جميعاً,
لا يمكن أن نتجاهل مساهمتنا سواء كانت
رائعة أو شيطانية، تضحيات أو تجمع،
طفولي أو طفولي، متهور أو مخطط له.
كلنا مسؤولون بشكل مشترك وجماعي,
لحماية كل من الألوان الثلاثة وعجلة العربة.

مهرجان في ورلي

تدور وتدور وتدور وتدور,
الرقصات متناغمة جداً
يسمون بوقهم، طربة،
الليالي نابضة بالحياة والموسيقى،

لا يعرفون كيف يقاتلون,
في الميترو، إنها خادعة جداً,
لم يسمعوا قط أي من م,
مارت، مول، موبيل أو ميكي.

اللوحات البيضاء على جدرانهم
تحكي قصص حياتهم,
تبدأ بـ "تشوختات" الله,
يجعلون كل شيء مثير.

التعايش، إنهم يعرفون أفضل منا,
الرجال والنساء والحيوانات، يعيشون معاً,
نحن فقط نلقي محاضراتنا المعدة مسبقاً,
لا نشعر ولا نهتم.

إنهم قريبون جداً من جميع الأقارب,
بعيدين أو قريبين، لا يمكن أن يختلفوا,
يستمتعون معًا، طوال الوقت,
في بعض الأوقات، معًا، يعانون،

يكدحون طوال اليوم في حقولهم
لإنتاج الطعام لنا في المدينة,
نحن في غاية الجحود والوحشية،
نبقيهم جائعين و عطشى.

إنهم لا يزعجون فظائعنا,
نحن نخلق عاصفة سحرية,

نلتهم الكرور بكل سهولة,
لا يستطيعون أن يتبعوا ، قاعدة المقرضين.
المال الذي نأكله، عليهم أن يدفعوا,
لا بد أن يكونوا متخلفين عن السداد
أسهل طريقة، هو إنهاء حياتهم,
هذا هو مأواهم الدائم

لا مال للطقوس الأخيرة,
يذهب مرة أخرى إلى المقرض، لكنه
يطلب أن يعطيها مانجالسوترا,
انها ليست على استعداد لفراقك.

إذا كان الخيط، ليس في الرقبة,
ثم، كل الرجال الضباع، سوف
مزق لها بعيدا عن روحها,
سوف يرقصون ويغنون مع قتلهم

نحن مدربون على ذبحها
كما نعامل الدجاجة بلا رحمة,
لا أحد يهتم بالتراجع، من
كل الرؤساء الكبار، كل الرجال الكبار,

ومع ذلك أشعلوا مصباحاً أو اثنين
في مسكنهم الصغير
أكل الروتي بالزيت والملح,
الخضروات، للبيع،

يغنون ويرقصون ويصلون
أمام إلههم المعبود,
على أمل أن يبتسم يوماً ما,
وكل شيء سيتغير بإيماءة منه.

يبقى "الأمل" هو رصيدهم الوحيد,
يعلمون أنه لا يمكن بيعه
لكن المشترين هناك، في كل مكان,
ماذا لو، لقد مضى عليها قرن تقريباً؟

,لقد رسمتها في كياني
,حاولت جاهداً أن أرسم لوحة
فشلت وحاولت، وفشلت مجدداً،
.لم أستطع الحصول على الإعداد المثالي

,في النهاية رسمت بعض الرسومات
,لتجعلني أفتح مشاعري
دعني أبكي ودعني أرقص،
دعني أغني الأغنية التي تقشعر لها الأبدان،

,"مثلهم، أنا أيضًا لدي هذا "الأمل
,بالنسبة لي، مثلهم، ليس وهماً
,إلهنا الجالس في ذلك الشوختات
يوماً ما، سيصف لي الحل

,في ذلك اليوم، ستكون لوحتي حية
كل الشخصيات ستبدأ بالكلام
الأطفال سيطيروا الطائرات الورقية في السماء،
السناجب سوف تتسلق السناجب الشتلات،

,ستعطينا الأبقار ما يكفي من الحليب
,وستنمو الحبوب الوفيرة
كل من سكان المترو والريف
.سيكونون كرماء وعطوفين ومحبين

الإقامة

إندروتكشن
"لماذا يجب أن يحصل الأولاد على كل المتعة؟" سألت الفتاة.
"لماذا يجب أن تحصل الفتيات على كل المعاناة؟ سألت الفتاة مرة أخرى.
الأولاد ليس لديهم وقت لهذه التساؤلات السخيفة,
إنهم مشغولون مع أعضاء نادي المرح.
عند مواجهتهم، يجيب الأولاد، "اذهبوا، واسألوا,
الخالق، لماذا صمم المعاناة، مبكراً جداً,
في سن الثالثة عشر؟" ربما، هذا هو السبب,
لا أحد، مثل هذا الرقم 13.

القصة:
بطلة قصتي هي فينيتا.
بطلي، فارون، الآن، يدعوها سينوريتا.
كلاهما ينتمي إلى نفس المدينة,
كلاهما وسيم وجميل,
غير معروفين لبعضهما البعض
بطبيعتهما، مختلفتان تماماً
ذهب كل منهما إلى مؤسسة خاصة
ليحققوا أحلامهم و خيالهم
القدر، كان لديه خطط أساسية ثابتة لهما,
تم منحهم وظائف، بدون مشاكل
كلاهما كانا يبحثان عن سكن
للعيش و الإستقرار و الإسترخاء
أصحاب الأرثوذكس لن يعطوا لأعزب,
تعيين فارون نفسه للعثور على العندليب.

ذات مساء كانت فينيتا محبطة للغاية,
تحتسي القهوة، تبحث عن "للسكن"، مهتاجة,
في يأتي فارون، في مزاج مزعج للغاية،
رأى فتاة وحدها، مباشرة في المقدمة، وقف،
سألها "هل لي أن أجلس هنا إذا كنت لا تهتمين؟"
دون أن ينتظر ردها، انتزع كرسياً.

لا تحيات، لا تمنيات، طلب قهوة،
تفاجأت، فكرت "هل هو رجل أم أبله"؟
أدركت، فقال: "آسف، لقد تصرفت بوقاحة
لكن ماذا يمكنني أن أفعل، إذا كان المالكون بهذه الفطنة؟"
قبل أن تتمكن من الرد، وجد صفحة "السماح" الخاصة بها،
الحماس والسعادة أذابا كل غضبه.

فجأة أصبح فجأة مهذبا جدا ولطيفاً جداً،
كانت تستعمل حاستها السادسة لتدرس قوته.
كانت تعرف وكان يعرف، المشاكل مشتركة،
بدأت الأفكار تتطاير بسرعة وحركية عالية.
"هل تبحث عن وكر للإقامة؟" كلاهما في وقت واحد،
ضحكا معا، وطلبا كؤوس عصير بالليمون.
مع العلم أنهما ينتميان إلى نفس البلدة،
فارون توسل إليها تقريباً، راكعاً على ركبتيه.
"هلا كنت شريكي، لتنقذ حياتي،
ونتظاهر بأننا زوج وزوجة حقيقيين؟
فينيتا، سيدتي، من فضلك، لا تقولي لا
ليس لدي أي مكان، حيث يمكنني أن أذهب".

كانت فينيتا تبتسم، كانت مستمتعة،
كانت عقلانية وبالتأكيد ليست مرتبكة.
"حسنًا، أوافق من حيث المبدأ، سأستشير والدي،
أنت أيضاً استشر أصدقائك، لن يكون الأمر سيئاً للغاية".

"مشروط، سيكون لدينا شقة من غرفتي نوم،
مطبخ لي ومطبخ لك، حسناً؟
كان مستعداً لقول "نعم" لكل شيء،
حتى لو دفع هو الإيجار وهي لا تدفع شيئاً.
قدم كلا الوالدين اقتراحاتهم،
فينيتا بالإضافة إلى ذلك، تلقى قائمة من التحذيرات.

سمح المالكون بسعادة للزوجين بالدخول،
غير مدركين أن علاقتهما "العيش في المنزل".
مر الوقت، وعرف كل منهما الآخر جيدًا،

.الترابط والإعجاب ببعضهما البعض، تضخم
,عندما حدث ذلك، لا يتذكران
عندما، غرفتا نوم أصبحتا غرفة واحدة مريحة،
,أصبحت حاملاً، كان الأمر حتمياً
بدأت بالتفكير فيما إذا كان الإجهاض ممكناً
,الآباء من كلا الطرفين، قالوا "لا تقتل الطفل، إنه حي
."تزوجي، إنها نعمة، اصنعي خليتك الخاصة

,كلاهما كانا مصرين على عدم تحمل هذا العبء
لماذا مزقوا الحبة والستارة معًا؟"
,اتفقوا على الإجهاض، فأجهضوا
.و- الشَّيْءُ: طَهُرَ كُلُّهُ، ونَظُفَ كلُّ شيءٍ

:الخاتمة
,وَافْتَرَقَا مُبْتَسِمَيْنِ إِلَى عَرِينِهِمَا الْجَدِيدِ
.عانت هي كالنساء واستمتع هو كالرجال

جهاز التوجيه

أنا لا أتحرك كثيرًا، أحتاج إلى معزز.
إنها زوجتي وهي جهاز التوجيه الخاص بي،
لن تدعني أنام حتى التاسعة،
تقول، "انهض و قم بعملك الذي هو لي".

اليوغا هي شغفها، التي أكرهها أكثر.
سلسلة من الالتواء والانحناء، تعطيني الشاي والخبز المحمص.
أحب مشاهدة التلفزيون، الذي هو أيضا خطأي.
كل مساء، يجب عليّ، تناول بعض الشعير.

لقد نسيت، أن، كنت آكل الحلوى،
في هذه الأيام، أحصل على نصف كاجو كاتلي فقط لآكله.
في الفحص الروتيني، وجدني الأطباء بخير،
لا شيء يدعو للقلق، قال لي أن أشرب و أتناول الطعام.

في ذلك اليوم، أصررت عليها، للذهاب إلى مطعم،
طلبت مني أن أطلب، لكني قلت لها: "لا أستطيع".
أكلت، ما قدمته لي، حصلت على سلطة لذيذة جدا،
أنا نشيط و نشيط، كما غادرت، كل التوابل،

أنا أعتمد على جهاز التوجيه الخاص بي، فهي لا تعطيني زريعة،
اليوغا في الصباح الباكر، جرب برانايام،
حائر، مع حبها، التفاني في ذروته
حافظت على لياقتي دائمًا، ولم تسمح لي بالمرض.

كيف يمكنني أن أشكرك، أن تكون معي لفترة طويلة،
بالتأكيد، محنة لك، ولكن، حياتي مليئة بالأغاني.
ومن الأنانية بالنسبة لي، كنت دائما تهتم،
خجلت من نفسي، لم أشاركك أي شيء أبداً،

اسمحوا لي أن أعدك اليوم، لا يجب أن تنكسر،
سأحاول أن أساعدك، الآن، لقد استيقظت.

63

أنا لا أخاف بعد الآن، لأنك معي,
أنا لا أهتم بأي شخص آخر ، أنا فقط أهتم بك.

خطاب نوايا

اليوم الأول
كانت المقابلة أكثر من مرضية.
كانت وظيفة كاتب مكتب حكومي.
سألوا عن قطب منار و
وبرج إيفل، فأجبت بشكل صحيح، حيث أنني
حصلت على درجة الماجستير في تاريخ العالم.
كما أجبت على أسئلة حول
الطاقة المستدامة والسياسة الشاملة وحركة آنا هزاري.
لم يسألوا أي سؤال عن إدارة المكاتب,
وهو ما استعددت جيداً لمواجهته
هذه المقابلة لقد قالوا بسعادة
أنتِ عبقرية، سواء، أريد حقاً
أن أكون موظفاً في هذا المكتب قلت "نعم".
احتجت هذه الوظيفة بشدة، بشدة.
حسنا إذن، في غضون يومين، سوف"
تحصل على خطاب التعيين.

اليوم الثاني
إنه يوم الانتظار والحساب.
كم سأكون قادرًا على السحب,
عربة عائلتي البائدة الآن، بسبب
وفاة والدي المبكرة,
مع هذا الراتب الضئيل لكاتب؟ لكن،
كنت سعيداً جداً شخص ما أحضر
إثنان من الـ"روسوغولا" من أجلي أحببت الطعم!.

اليوم الثالث
اليوم الثالث الساعة 9:30 صباحاً ساعي البريد
يجب أن يصل في العاشرة صباحاً. كل أصدقائي
المهنئين، انتظروا لاستقباله.
كان الأمر معذبا؛ لم يأت على الإطلاق.
ربما لم يتم إرسال الرسالة، ربما,
الخادم لم يتبع ترتيب,

، بشكل صحيح. أتذكر بوضوحBadababu,
هو نفسه أعلن اختياري. حسنا، هو
يحدث، يوم واحد آخر، لا يهم
كثيراً غداً، سيأتي بالتأكيد.

اليوم الرابع
انتظرت وانتظرت وانتظرت منزلي
أصبح غرفة انتظار. قلقة ومكتئبة.
بحلول الظهيرة، كان الجميع قلقين. بالإجماع,
طُلب مني أن أذهب إلى مكتب البريد، للتأكيد.
ساعي البريد، مدير البريد وآخرون، قالوا جميعهم
سيدي، لم يصل، سنأتي بالتأكيد",
لتسليم الرسالة، عند وصولها.
محبط، أنا، عدت إلى المنزل.
ليلة طويلة أخرى، في الانتظار.

اليوم الخامس,
لا يهدأ، بالضبط، بالضبط، في العاشرة صباحا، طلب الجميع
لي، للذهاب إلى ذلك المكتب والاستفسار
عن حالة عبور تلك الرسالة

عندما وصلت، قال الموظف، سيدي,
هناك رسالة في انتظارك في "بادابابوس
الغرفة. من فضلك، استلمها من كاتب المكتب."
لقد كان محقاً، لقد كان خطاب التعميم. لقد كانت
رسالة اعتذار. كانت الوظيفة قد ذهبت إلى,
ابن بادبابو، صهره.

نهب الوطن الأم

.الوقت لا يستغرق وقتًا للهروب
.للمضي قدما اسمك هو الروح
أنتِ هناك يا أمي
.الحياة غير عادية جدا
مهما كان القليل المتبقي معنا
.مكرسة لنعمتك
أعدك، نعدك، نعدك، سترى
سيحولك يا أمي
.إلى أرض ساحرة من الوفرة

على الرغم من امتلاكك لألوان متنوعة
,في العقيدة والطائفة واللغة والإيمان
,عدم التطابق غير مسموح به في الوحدانية
كما تحرر من قبل بوذا، مهافير،
.جوفيند وكبير في الآونة الأخيرة
,رام راجيا من الناحية المفاهيمية لا يمكن أن يكون أسطورة
,نحن نمتلك قاعدة سليمة من النبل النشط
مؤكدا أن الأرض ستتحول
.إلى مسكن يحسد عليه

,"ولكن، يجب ألا تتآكل عبارة "المساواة
يميناً أو يساراً أو أعلى أو أسفل
,لا يمكن أن تحركنا قليلاً
,كن مستعداً للقضاء على جذعك

,لإبقاء رأسها عالياً ومستقيماً
لن تتردد في إحباط الشرور،
لا تدع لون الحرية يتلاشى أبداً،
لأنها مبنية على تضحيات لا تُنسى،
.يجب الاعتراف بها

إيا الله

من فضلك يا رأس الحربة لدعم
"نظام العدالة",
معاقبة من يعاقب بالضربات القاتلة,
يجب أن يدرك المجرمون
أن عليهم أن يهلكوا للأبد.
كسر تسارع
تعريض الأخوة للخطر,
أقم الوحدانية بين الطبيعة والإنسانية,
أنتِ الأم الخالقة التي لا تفنى!

كيف يتجرأون على إساءة التلاعب
بغريزة الحب الأساسية؟
دعهم يخرجون، دون مزيد من الأعمال الشريرة
من نشر الكراهية,
دعهم يغادرون مسرح أرض الأحلام هذا.
معتادون على وضع الوجوه والأقنعة,
الحصان يركض جامحاً بلا عهد,
غير مدركين نتيجة سوء أفعالهم,
التي لم ينقطع حسابها,
يا رب! بالنفي,
اغفر لهم أيضاً
لأنهم يجهلون
نهب أمهم

نظرية فيثاغورس

فيثاغورس، نسي
أن يشرح ما هو
أكثر أهمية
الجانب الأكثر أهمية من
النظرية.

إذا كانت القاعدة تميل إلى الصفر
كلاهما، عمودي و
الوترية
يصبحان متساويين
وطويلًا.

ببطء وثبات,
إنهما مشغولان
جعل المشترك
يميل الناس إلى الصفر,
حتى يتمكنوا من أخذ كل شيء.

الهند السحرية

جميع الجالسين هنا,
من فضلكم أغمضوا أعينكم
أنا الساحر العظيم
سوف يأخذك إلى أرض
حيث يتم غسل جميع الخطايا
لديكم آلهة من اختياركم
الناس معروفون بمولدهم
من الله Bhakt, أنت رئيس الوزراء
إذا كنت، فاحش الثراء

لقد اخترعنا مياه
هولي غانغا، يامونا، غودافاري،
ساراسواتي، نارمادا، سيندهو (؟)
وكافيري، يمتلك قوة سحرية
القدرة على غسل جميع الخطايا
التي ارتكبتها أنت، في
حياتك كلها، فقط من خلال خمسة
سبعة أو أحد عشر غمسة حسب
على الكمية والنوعية
من جرائمك المرتكبة,
وكذلك المبلغ
الذي أنت مستعد لإنفاقه.

يمكنك اختيار الحزمة الخاصة بك,
دفع المبلغ المطلوب لـ
الباندا أو الكاهن المعين,
الذي يعرف، عن الحالة المزاجية
ومتطلبات كل الآلهة,
وفئة الخطايا
يمكنهم أن يغسلوك ويجعلونك
أنظف شخص في البلاد,
حر مرة أخرى لارتكاب نفس الذنب،
أو حتى مجموعة أكبر من الجرائم.

,إعتمادا على موطنك الخاص
آلهة مختلفة متمركزة
,في مواقع مختلفة مناسبة
.للتأكد من عدم تفويت أي منها
,هنا الآلهة غاضبة قليلاً بطبيعتها
لكن هذا لا يهم، طالما أن قرابينك
.القرابين عالية إلى حد كبير

لدينا العديد من الما-إله، بابا-إله،
.ديفي-الإله وبعض الكانيا-الإله أيضاً
.الباندا مجهزة بجميع الطقوس
عليك أن تقدم، أسماء
,أجدادك، إذا كنت تتذكر
,أو اخترعوا اسمًا مشتركًا
,لجميع المواطنين السابقين باسم "أوموك"؛ دونش
أنت قلق، إذا المعابد، سوف
تجد، حيث إما سيدة لا
,مسموح بها في سن معينة
,حتى الرجال، قد لا يسمح لهم
لأسباب، هم يعرفون أفضل،
,ولكن لا داعي للقلق
كل شيء يمكن أن يكون، بطريقة سحرية
تدار على هذه الأرض
.من السحر

,عزيزي كل شيء، شيء آخر
إذا كان لديك قوة سحرية، أنت
يمكنك أيضا الدخول في أي من المشهورين
,مهنة بابا أو مهنة يوغي
.أو حتى مهنة "ما" المربحة
هناك مخاطرة أيضًا. التلاعب و
.اللعب بالملايين، لا يمكن؟ ثم السجن

,السحرة، قادرة على تدريب حتى
بي سي ساركار وأبنائه"، لديهم"

مهارة، لتحويل الحجر، إلى
بيت الطاقة، من البركات.
المتطلبات بسيطة وقصيرة.
شجرة بانيان بالقرب من امتحان الصف الثاني عشر.
المركز، ثلاثي الأبعاد متساوي الساقين متساوي الأضلاع
حجر أملس ثلاثي الشكل أملس,
رمح ثلاثي ثلاثي الأقدام (تريشول)
بعض ألوان الأكريليك الأحمر لوضع، زيت,
إكليل من اختيارك، ضع بعض
عملات معدنية، وأوراق نقدية في المقدمة.
مهارة تسويق الإسقاط، سوف
تحديد درجة الطول، من
الطابور، الذي خططت له للمستقبل.

لديهم أيضًا قوة خاصة,
للسيطرة على الأشباح، استقر، في
جسد فتاة بريئة,
كما يعلمون، الأشباح يفضلون الفتيات,
ليجعلوا أنفسهم مرتاحين
هم يسحقون الفتاة مع اللاإنسانية
البدائل، من رمي الفلفل الأحمر البارد
في النار أو استخدام عصا الخيزران.
يتم الدفع لهم بسخاء مقابل هذا
فعل السلوك والتعذيب الذي لا يرحم.
إنهم "أوجهاس" محترمون.

المرأة هنا، لها
مكانة خاصة، إما أن يتم اغتصابها مهما كانت صغيرة
أو يتم عبادتها كصنم في المعلقات.
أيها المواطنون الأعزاء، لقد حان الوقت الآن,
لتفتحوا أعينكم، إن استطعتم حقاً.

تاجر الأحلام

ولدت وترعرعت في قرية نائية,
لا يعرف شيئاً عن الكهرباء والهاتف
الكاميرا الشخصية أو نظام الموسيقى والتلفاز.
كان فانوس الكيروسين هو كل ما أتذكره.

كنا جميعا نردد القصائد التي تمدح الشمس,
لأن ذلك كان شعاع الضوء الوحيد آنذاك.
كانت الدراجات النارية ذات العجلتين والأربع عجلات غريبة بالنسبة لنا.
كانت الثيران أفضل صديق للتنقل.

كانت الأذكار الصباحية والأناشيد المسائية,
جزء من حياتنا، لا يمكن تفويتها أبداً في أي يوم,
حتى اليوم، هم مستعدون دائماً ليُقال لهم
كان بإمكاننا التعرف على كبار السن من خلال رؤية أقدامهم.

العلامات والرتب وعبء حزمة الظهر، كل ذلك
أصبحت، الاختراعات والاكتشافات الشهيرة,
كنا لا نزال قادرين على البقاء متقدمين معاً
مجموعات بعد مجموعات ودفعات بعد دفعات.

ربما لأن، كان لدينا وحدات أقل تشتيتاً,
كنا نخاف من والدينا، نطيع أوامرهم,
الطاولات كانت جاهزة، قواعد، وضعت بشكل صحيح,
لم نكن متوترين أبداً، لنقوم بأكبر قفزة ونطير.

لم أكن أعرف، كيف نحسب حسابياً,
حجم أحلامنا، طولها و عرضها,
"اعمل بجد واجتهاد"، هذا ما قيل لنا,
النجاح لا يمكن أن يراوغ، أبداً. يجب أن يقترب منك.

ما الخطأ في النظام القديم؟ الأحلام
تحوَّلت إلى عبء مضغوط مختلف

التكاتف, تحوّل إلى فردية متقطعة
الطفولة، مدفونة تحت كتب المعرفة الضخمة.
رمي الكتب على السرير للوصول إلى أرض اللعب,
الرخام، القوارب الورقية تحت المطر، جولي داندا، جليل,
الغميضة، الغميضة، إيكا-دوكا، الطيران بالطائرة الورقية وكابادي،
هي بعض الكلمات المتعلقة بالقاموس، عشنا فيها.

الأطفال, بالكاد يتحملون روتين الواجبات المنزلية المنضبطة,
يتم دفعهم، نحو النضج المبكر غير المرغوب فيه.
الواجبات المنزلية، واجبات الأطفال وواجبات المكتب، قد,
حطمت الاستقرار العقلي، لجميع الأمهات العاملات.
مستويات من المحنة والمأزق، لا يعلمها إلا الله,
أحلام سطحية منحرفة يتم إرسالها عبر الإنترنت,
العروض المعذبة يتم تصويرها بالفيديو لتنتشر على الإنترنت,
سباقها مع الزمن لتصبح سيئة السمعة بين عشية وضحاها،

مايكل لا يمكن أن يموت

حدث "سيء" لمايكل,
الراقص الأعلى تقييماً,
في التمثيل "INVINCIBIBLE" مدرسة,
التي ابتكرها وابتكرها.
'التشويق' تبعه خلال
العيش، ن نهاية حارة الموت,
ذهب 'OFF THE WALL',
مع أولاده الثلاثة.

'التاريخ - الماضي والحاضر و'
المستقبل' سيقول بالتأكيد,
أن السنوات القليلة الماضية كانت بالتأكيد
لمايكل "DENGEROUS".
أنه لم يسفك
الدماء على حلبة الرقص"
لذا، نحن نشتبه في خطأ,
على فراش موته بالتأكيد

الآباء جو وكاثرين,
كان لديهم عشرة في المجموع
الفرقة الخامسة والفرقة الخامسة,
ربما أرادوا الاتصال.
لكن براندون السابع
تحدى ولادته,

خلال ساعات، تاركاً توأمه
شقيقه مارلون، غادر هذه الأرض.

الآن، ترك مع ثلاث أخوات
وستة إخوة
لكتابة فصل جديد
في خزائن الترفيه،

مع روبي وجاكي وتيتو وجيرمين
مع لا تويا
مارلون، مايكل، راندي وجينيت,
."لاحقاً لإنشاء "هيستيريا

مايكل الآن السابع,
قبل أن يبلغ العاشرة,
داخل شوارع الغيتو,
داخل أضيق حارة،
كتب ولحن، ن
غنى أغانيه المشهورة الآن,
أصبح مشهوراً
ليس قبل فترة طويلة
كل من الشهرة والمال
تبعهم بسرعة البرق,
أصبح التشهير في متناول اليد,
لأصحاب الجشع،
لقد سحبوا ونهشوا
وشلوه للكذب,
بجرعة زائدة من المخدرات، ربما
.تركوه دون رعاية ليموت

كيف يمكنني أن أصدق
أن مايكل لم يعد موجوداً؟
كيف يمكنني أن أصدق
أنه أغلق الباب؟
من أغانيه الرائعة
ورقصه الرائع
لم يأتِ شيء جديد,
بأي حال من الأحوال، وبأي فرصة

لكن الملك لا يزال باقياً
في ملايين القلوب
يتذكرون أفعاله
.وتصور فنونه
أشعر بأنك تشعر به,

وكل من يعرفه
بقطرة من الدموع، أسقطوا
صلاة من أجل حلمه.

الطائرة الورقية

كنت سعيداً,
للتحليق في السماء
في السماء

كانت الرياح
دليلي، من أجل
الطريق في اللانهاية.

فكرت
أنا قوي
يمكنني الذهاب
بعيدًا، بعيدًا جدًا,
تاركاً الآخرين
تحتي، هناك.

لقد نسيت تماما
شخص ما
سحب
الخيط، الذي
فجأة
انقطع
كنت على غير هدى

أربعة خيول راكضة

أربعة خيول بالغة
تم تدريبهم على الركض بسرعة
أسرع من والدهم
لرعاية شهوة المالك.

ركبوا بإحكام من اليسار,
ثبتت بخفة السرج,
أعطى الفرسان المجد,
وضعوا أرجلهم على السرج.

أربعة خيول راكضة
يركضون نحو القطب,
وهم غير مدركين
ما هو هدف المالك.

ثلاثة منهم فازوا,
الملايين للمالك
الرابع لم يستطع الفوز,
نام في الزاوية.

حليب نقي جداً في الولايات المتحدة الأمريكية

,الباتيل والموتيلات مترادفات
في أي مكان في العالم تذهب إليه
,الباتيل هناك لتحيتكم جميعا
الموتيلات هناك لخدمتكم

,عندما قررنا أن نرى أمريكا
فكرنا أن نبدأ، من كاليفورنيا،
,بحثت في قائمة الأصدقاء القدامى
.جميعهم حلموا بأمريكا، كان هوسهم

,ذهبوا، عملوا بجد واستقروا
تزوجوا إما هنا أو هناك،
,كسبوا الكثير بملايين الدولارات
.يعيشون حياتهم بسعادة غامرة

موكول باتيل، صديقي من أناند،
كان سعيدا، طلب منا أن نأتي و
.البقاء في منزلهم الكبير هناك
."نحن، أجبنا، "سنهبط بالتأكيد

خططنا لإقامتنا الكاملة، من
,من الشرق إلى الغرب ومن الجنوب إلى الشمال
.لا يمكن ترك نياجرا خارجاً، لا بد من ذلك
.تجنبنا السفر، ذهابًا وإيابًا

,بعد الانتهاء، نصف الولايات المتحدة الأمريكية
أردنا أن نأخذ قسطاً من الراحة
,جاء موكول إلى المطار، ليأخذنا إلى المنزل
شرقاً أو غرباً، هوليوود هي الأفضل

,موكول مع الأم با، والزوجة سارلا
,مَع آكي وراني، إبنهم وإبنتهم
,كُلّهم كَانوا سعداء لإسْتِقْبالنا هناك

خصوصاً راني، بضحكتها الراقية.

رَأينَا هوليود، بعمق أكبر,
إستمتعنا في وقت الفراغ، لم نكن في عجلة من أمرنا,
راني وآكي كَانَ عِنْدَهُما، الكثير مِنْ الأصدقاءِ,
جون، ريحانة، كريستي وماري.

جون، الوسيم، الصديق المقرب لراني,
تَذْهبُ للتَسَوُّق، ملفوفة في الحريرِ,
با، متوترة، عندما تذهب مع جون،
يصر دائما على إعطائها كوب من الحليب.

الأم، تُحضّرُ الحليبَ لراني,
با، تطلب من راني، لأَخْذ كوبِ الحليبِ,
راني بدون إهتمام، تَطْلبُ مِنْ جون المجيء,
يَبْدو رائعاً، في ثوب من الحريرِ الكستنائي.

راني ذَهبَ مع جون، لَمْ يَستمعْ لأحد,
كلاً من با وأمي بَدأوا بالبكاء مثل الطفلِ,
كلانا كنا في حيرة وفضول أيضاً,
معظم البالغين اليوم، لا يحبون أي شيء خفيف.

سألت با، عن السبب وراء ذلك,
با أعطىَ با السبب، و، نحن كُنّا نشعر بالقشعريرة,
عندما ذهب راني مع جون، ارتجفنا,
الحليب نعطيه, ممزوج بحبوب منع الحمل.

بعد جولتنا العظيمة، راضية، عدت,
كما الروتين، في الصباح الباكر، اشتريت
علبتين من حليب أمول، نحتاجها يومياً,
أمول أنقى مما كنا نظن.

كتابي الكبير الأخير

الأمر لا يتعلق بـ Face Book,
انها مخطوطة كل شيء عن,
قرأته مرة واحدة، مرات عديدة،
احتفظت به، في مأمن، من النفوذ،

كتاب العواطف فقط,
الذي استطعت جمعه في حياتي
أطنان من الحب و المودة
نقاط، لحلها، والسعي N.

تم كتابة الكتاب بأكمله
على صفحة صفراء واحدة
كنا نسميها بطاقة بريدية
كتبها أحد الحكماء

الكاتب كان جدتي,
كانت تحبنا جميعاً
بطاقة بريدية صغيرة علمتني
قلبنا ليس صغيراً جداً.

لقد احتفظت بتلك البطاقة البريدية
محفوظة في إطار,
كتب أبي عنواني
بدأت باسمي.

أبي، ربما أخبره أبي
أن يضيف بعض السطور لي,
"أحبك يا بني"، كان ذلك,
كافية لتجعلني أفرح.

الفرصة الضائعة

.أبي، أخبرني ذات مرة قصة
.صبي ذكي، حصل على وظيفة في الولايات المتحدة الأمريكية
,رأى آلة لقراءة الطالع
في المطار، فضولي، جربها
في جاء الرد، "الديك مستقبل مشرق
,ومستقبل مزدهر في الولايات المتحدة
"رحلتك تنتظر، أسرع"

.حائر، أراد المزيد
.حاول مرة أخرى، وضع بعض النقود
وكان الرد بصوت عال وواضح، أ
,أحمق!, طلب منك أن تسرع"
."لقد غادرت الطائرة بدونك

,واصل والدي
."الله، نادرا ما يعطي الفرصة مرتين
,أنيميش بوس وراجندر سينغ
.مزيج رائع من الصداقة
.كانا ينتميان إلى البنغال و بيهار
.كلاهما كان حالمًا لامعًا غير محدود
.سينغ، هبط في المملكة المتحدة؛ وبوز في جايا

,تزوج سينغ من بيضاء، للحصول على اللون الأخضر
.بوز، آمن بالزواج المدبر

,ماريا، السيدة سينغ، كان لديها العديد من الأصدقاء
,حافظت على صداقتها معهم
,كانت الصداقة في كثير من الأحيان جسدية أيضا
.ولم تجد أي شيء خاطئ
.أراد الطلاق، وهي حصلت على مليون
.بالإحباط، عاد خالي الوفاض
.عاد الأجنبي وظائف عاد، لا أكثر في الهند

بوز، تزوج فتاة بسيطة غير معروفة,
شاي الصباح، الغداء، الغداء و العشاء
العشاء، وإعلان الكمال، وغسل الملابس، وأيضا،
تربية طفلهم الوحيد، ولد للتو.
أحب بوس كلاهما، وقضى وقتًا معهما.
غاب سينغ عن الرحلة، استقل بوس الحق.

الملعب

أنا، في نقطة الانطلاق،
ألعب دوري،
أنا مستمتع تماماً

لا أريد أن
الخروج، مبكرا. أتمنى
أن أكمل دوري

لقد قمت بـ
عملي بشكل مرضي،
فريقي فاز

الآن سألعب
لأصنع بعض
الأرقام القياسية لي.

كلتا يديك
مشغولتان بـ
بالفرشاة والقلم.

أنا جاهز بـ
قماش وورقة
للرسم والكتابة

يا إلهي، عتاد الرأس ثقيل

.الإثارة من النظرة الأولى، لقد تعلقت بها
,في مقصف الكلية، سمعت ضحكات الفتيات
أدرت رأسي، واكتشفت تجمعاً
,من أفضل مخلوقات الله في ملابس ملونة
كانت هناك، في الزاوية البعيدة، تضحك،

تنظر نحو السقف، وشعرها المجعد يتساقط،
.تأخذ استراحة لالتقاط الأنفاس، تمسح دموع سعادتها
.وجدتني غريبًا فيّ، أحدق فيها مسحورًا
في اللحظة التالية، عادت مع صديقاتها تضحك مرة أخرى، وضعتني في حالة من الحيرة لا يمكن تفسيرها.

,كون يوم الأحد غداً، لعنت كل الكيانات
النظام الشمسي، وإدارة الكلية،
وجدت الأعداء في كل مكان، يغيظون في أفضل حالاتهم،
,وجدت أصدقائي فظيعين، شواطئ مثيرة للشفقة
حتى مسكني الخاص رفض أن يقبلني كعضو فيه،

,فراغ لا يطاق، اجتاح كياني كله
,فشلت تعيسًا في أن أكون منطقيًا وعاقلًا
.حتى اختفت الشمس التي لا ترحم من اللون الأزرق
يوم الاثنين، أخيراً، بحثاً حثيثاً عن ذلك الوجه المبتسم
,مطبوع، في عقلي وروحي، يتحرك بشكل محموم
من صف إلى صف، من طابق إلى طابق، من مقصف، حديقة، مكتبة،

لا مكان مرئي، لا يمكن تعقبها، مثل اختفاء ساركار، كئيب، مهزوم، حزين لي، ظننت أنني فقدتها للأبد.

,وحدي، بعد ظهر أحد الأيام، متكئاً على حائط الشرفة
فجأة، لمحتها وسط صديقاتها المبتسمات على الدوام،
.بشعرها المجعد المفتوح، بشخصيتها الطبيعية المعتادة
,بإعادة اكتشافها، أكدت رغبتي الشديدة
.للتعرّف عليها عن قرب، عن كثب

استجمعتُ ما يكفي من الشجاعة، وتجهّزت بكل الإيماءات الرسمية، ونزلتُ مسرعاً، وتوجهت إليها مباشرة لألقي عليها التحية.
حبل صوتي غبي! رفضت الانصياع لإشارة المعلم،
كلانا أنا وهي مرتبكين مع العرض البصري الخاص بنا،
التي تضم الكثير من علامات الاستفهام وعلامات التعجب!

في حالة التأمل التجاوزي، مددت يدي.
كنت أعرف، ما هي اليد التي أردت مصافحتها،
لم يعرفوا أي يد أردت مصافحتها،
لم أرغب في استنزاف فرصة عمري،
ذهبت إليها مباشرة وطلبت صداقتها.
غير مدرك، أن الجميع يعرفني جيداً، كطالب العام،
كل الآخرين، وافقوا بسعادة على صداقتي، لكنها ظلت صامتة. لا منجم ولا قارئ وجوه، لم أستطع قراءة أفكارها،
تهربت من يدي الممدودة، اختفت مع أصدقائها مبتسمة. قلتُ: "بالات، ولكنني لستُ فارون ولا دات ولا خان."
فشلت مرة أخرى.

كانت حاستها السادسة نشطة للغاية، وسرعان ما أصبحنا أصدقاء.

كانت مشروطة. إذا انزلقت يوماً ما عن رتبتي الأكاديمية،
سينتهي كل شيء.
أما إذا حافظت على ذلك؟ وافقت على التفكير بي في المستقبل غبطة محبطة، كما أسميها. أنا، عملة واقفة على حافتها، دائمًا، معرضة للسقوط بأدنى استفزاز.

سبحانه وتعالى! أحييك على مساعدتي على البقاء مستقيماً، و
"عدم السماح لي بالانغماس في، "سيبقى الأولاد دائمًا أولادًا،
نوع النشاط، وساعدتني على الحفاظ على كلتا
رتبتي واهتمامها غير المقسم، تجاه كل ما يخصني.
أعطى والدينا إيماءاتهم، وتمت خطبتنا.

أثناء الزواج، ارتدينا زيّ رأس كل منا. كان الأمر خفيفًا جدًا حينها
بعد ذلك، وجدت، يا إلهي! ترس الرأس ثقيل

رسم تخطيطي مبعثر

في أحلك الليالي
على الشرفة، وحدي
أسمع صوت
الأيدي التي تلوح
النجوم المتلألئة في الأعلى

أستجيب لك
بنفس المزاح
أتحدث إليك، كما لو
أنا نجمة، ولدت
مع، العديد من النعيم،

سعيد أن أكون إنساناً
بحب غير مشروط
نحو، لكم جميعا
ظاهرة طبيعية، لذلك
مبعثرة على لوحتي.

فيباسوانا

,وفقًا لتقاليد الثيرافادا البوذية
فيباسي، بوذا الـ998 من بوذا فيوهاكالبا
,الذي يعرف أيضا باسم عصر الدهر المجيد
.الجسور، والفيوهاكالبا والبهادراكالبا

كان فيباسي، راهبًا عظيمًا، محاطًا دائمًا
.بواسطة, العديد من التلاميذ, حريص على تجرع وعظه
,ربما، أعطى هذا العالم، فن فيباسوانا
.يمارسه الكثيرون، لكني أجهل ذلك

,تكييف النفي، وثقافة التضحية، والتكيف
,جانب "لا" من بنية الحياة الثنائية، الكآبة
,بدون حزن، هو جوهر ممارسة الفيباسوانا
.خمس حواس، خمسة عناصر، خمسة عناصر، ملغاة من نمط الحياة

,كان من الصعب فهمها؛ في جاء مونتو سينها
معلمي، المفاوض الشهير في جميع المواضيع،
,سألني فجأة "غورا، أنت منجز
.هل تمارس 'فيباسوانا'؟"، "ماذا؟ أجبته

,ضحك بصوت عالٍ، ورفع كلتا يديه إلى أعلى
"العالم كله تحت تأثير 'Vipaswana',
.أجد وجهك يعادل الصفر الكبير"؟ قالها
لم أكن أعرف أبدًا، كان قارئًا للوجوه أيضًا. وجدني

,أنا لا قيمة لي، أظهر لطفه
."شرح، فيباسوانا بطريقة أبسط، "انظر غورا، اسمع

."إذا مارست فيباسوانا، تصبح ثابتًا"
.كلمة أخرى قابلة للنقاش، لكنه فضل أن يكون صامتًا
."أعتقد، لقد اتبعت الآن". "أوه نعم، هذا واضح"
.كانت تلك هي الطريقة الوحيدة للاعتراف بالهزيمة والإنقاذ

,لكن، مونتوكاكو قارئ الوجوه، كشفني وأنا أخدع
,أنظر، أنا أشرح لك للمرة الأخيرة، أبسط
,أولئك، الذين قهروا إندرياس، يقبلون أدويتفاد"
"، تصبح في نهاية المطاف، ثابتVipaswana هي خبير في

.منذ بعض الوقت، تلقيت رسالة من ابني في الولايات المتحدة
.إنهم بحاجة إلى شخص ما، لرعاية أطفالهم هناك
خمسة أيام في الأسبوع، هم مشغولون، يومان في الأسبوع، يقومون بـ
.الأعمال المنزلية. قريبا سنكون خبراء في فيباسوانا، بالتأكيد

.الآن فهمت، كيف أصبح مونتوكاكو خبيرًا

الألوان الأساسية

ثلاثة ألوان أساسية,
الأصفر والأزرق والأحمر,
إنهم واسعو الأفق.
اجتماعيون جداً، يختلطون بشكل جيد
مع بعضها البعض و
يخلقون كوناً.

ينشطون عندما
في الفرشاة، يكونون
أحياء على القماش.
يتحدثان ويبكيان ويبتسمان
في وقت واحد.

عندما، يندمج الخالق و
يندمج الخلق
عملية التطور
تكتمل وتنجح.

تولد لوحة أخرى.

أوم براجاباتاي ناماه

لماذا نحن غير راضين كثيراً؟ لماذا؟
,لوجود العديد من الآلهة والآلهة
.نحن غير راضين، ونريد المزيد
.ثم أضيفت الكثير من الحيوانات البرية في القائمة
,لم نشبع، فأخذت الحيوانات المائية المأوى
.ثم جاءت الطيور، الكبيرة والصغيرة أضيفت
.أصبحت الأشجار بأسباب كثيرة جزءًا منها
,استغلت بعض أكثر الأشياء العادية
.تحولت بين عشية وضحاها إلى غير عادية
أحدث إضافة في هذه القائمة التي لا تنتهي هي
.فراشة أو براجاباتي كما نسميها عرضا

.نحن شرانق بامتياز، شرنقة آمنة
.غير مهتمين باستكشاف الحقيقة على الإطلاق
,شخص ما يدفعنا للخروج من القوقعة المغلقة
,ويعطينا درس أبهيمانيو
,نحن، الفراشة، مكلفون بمساعدة الجميع
.ترفيه الآخرين بمهاراتنا في المناورة
,مفتونين، يجب أن يكون الآخرون منغمسين
على الرغم من أن كل ولادة هي تمرين كفاح،
.لكن الأم هي التي تشعر بالألم أكثر من غيرها

.نحن نعاني أكثر، في ولادة أنفسنا
.نأتي مع أكبر عقبة في الزمن

,على الرغم من أننا نأتي بأجنحة واسعة للطيران
لا نستطيع الطيران لأنها مبللة و ستستغرق
.من حياتنا كلها، لتجف لتصبح جاهزة 1/5

,تنتشر الأجنحة ببطء وتنطبع
,الملايين من تركيبات الألوان، والتصاميم
أجنحتنا تصبح تحفة فنية،

في اللحظة التي نخرج فيها إلى الخارج في الهواء الطلق،
كل الزهور والكيانات الأخرى، تنادينا
لنحتضن أذرعهم الممتدة
يتوقعون منا أن نجلب بذور
التطور في أذرعنا، بكل دقة,
حتى تأتي حياة جديدة إلى الوجود.

نحن نطلق علينا لقب رسول
الخلق. ربما لهذا السبب معظم
بطاقات دعوة الزواج تبدأ بـ
"أوم براجاباتاي ناماها"، لطلب
"فضل منا، لأن "الحياة يجب أن تستمر".

غاندي الأب

أكثر العيون تألقاً
التي رسمتها في حياتي
بسرعة، كان هناك،
كاد يغمى علي

ظهر غاندي,
قال في أذني بخفة
"أنا لم أبتسم هكذا من قبل,"
لقد رسمت بلطف

أجبته: "غاندي أنت يا غاندي
أعطيتني الهند في طبق,
أنا لا أعرف النضال,
بالنسبة لي، إنها صفحة بيضاء.

لذا، وضعت كل الألوان,
كما ننشر في هولي,
من السماء، سوف تجد,
الهند مثل رانجولي.

أووبس! لقد نسيت والدتي في دار المسنين

علمتني أمي ما أعرفه.
كانت تعرف الفيزياء، علمتني
كيف أتعامل مع النار في المطبخ.
أعرف رامايانا وماهابهاراتا,
بسببها، أخبرتني القصص.

مثل كل أم، كانت تسهر، طوال الليل,
ومروحة، حتى أتمكن من النوم.
كانت تطبخ، وتخيط، وتجهزني,
مع التيفين، والحقيبة المدرسية والملابس,
كنت أذهب إلى المدرسة، بلا هموم.

جاء الوقت لترك صحبتها,
ذهبت إلى الكلية لأتعلم الهندسة،
كانت رياضياتي قوية، أمي,
علمتني حينها، كيف أحسب و،
تعلمت الجداول. تعلمت منها بودماس.

كل الحروف الهجائية، مدينون لها,
لقد أتوا لي، لأن، أمي،
أرسلتهم لي. لقد نجحت في الهندسة
بتفوق أمي لم تعترض

على زواجي من فتاة من اختياري، بل على العكس,
كانت هي البادئة. كل هذه الأشياء التي فعلتها,
في غياب والدي. لم يكن موجوداً
عندما كنا في أمس الحاجة إليه. أمي,
لم تفكر أبداً في آخر مبلغ من شركة التأمين المحلية
تنفق علي. بالنسبة لها، كان لي كل شيء.

فكرت زوجتي، كانت متملكة. هي
بدأت تنزعج بشكل منتظم.
أصبح ابننا الوحيد شاهداً على كل الخلافات.
ذات يوم، قررنا أن نأخذ مأوى آخر.
تركنا أمي وحدها، وذهبنا للإقامة في مكان آخر.
كنا سعداء. في بعض الأيام، كنت أذهب إليها
كانت تعطيني، نفس النصائح القديمة، حول
صحتي وطعامي، وأيضًا عن صحة عائلتي.

ذات يوم، الممرضة، التي كنت أحتفظ بها لمساعدتها،
ذكرت، أنها لا تستمع إليها كثيراً.
أصدقائي، نصحني أصدقائي، أن أنقلها إلى
دار المسنين. كانت جيدة من جميع النواحي.
لم تتفاعل كثيرًا وأطاعت، كما قلت.
كانت الآن في دار للمسنين حيث لا يأتي الصغار،
لا يأتون كثيراً في اليوم التالي، تلقيت
مظروف؛ انها تدعي، صك هبة المنزل.
كان لي الآن. هرعت لرؤية منزلي
كالعادة، اتصلت بأمي وانتظرتها.

أعظم قواطع للسجن

أعظم هارب من السجن على الإطلاق
في سن الصفر
قام بتنويم كل حراس الزنزانة مغناطيسياً
خرج مثل البطل

أمي كانت مصابة بعمى الألوان
اللون هو حبها
لن تأخذ كلمة ضده،
ظنت أنه نظيف كالحمامة.

لم تكن تعرف ذلك,
كان رجل عصابات
كان لديه الجنرال بنديا في صفه,
مع، كل خططه الشريرة،

كان سيد القتلة في عصره,
كانت السيدة بوتانا هي أول من فعل ذلك,
كان يشرب دمها، معتقداً أنه حليب
لإرواء عطشه المتزايد.

لم يكن سوى بلطجي منفوخ,
كان يائساً وقاسياً،
كان قاطع طريق، لكنه لم يكن محتالاً على الإطلاق،
سعيد، يبتسم ويضحك.

قاتل من الطراز الأول، كانشا,
قتل باكاسور، شيشوبال,
قام ناراكاسورا بدوره,
في كل مرة، كان يتألم أيضا.

تم ضربه عدة مرات,
من قبل ياشودا، والدته بالتبني,

وهو يعلم، أنها تحبه أكثر,
أكثر من ديفاكي، الأم.
جوكول، ماثورا، سانديباني إلى دواركا,
جاءت ملكتان في حياته,
ولكن كان قريبا من رادها,
لم تكن زوجته أبداً.

لحماية كرامة دراوبادي,
تدخل في الوسط,
على الرغم من أن كراف-باندافا نفسه بالنسبة له,
كان يفضل أن يكون بمثابة كمان.

عندما وجد أن الحرب وشيكة
كان عليه أن يختار جانباً,
تمكن من أن يكون مع الباندافاس,
دون أن يحط من كبرياء كورافا.

ألقى خطابه الأخير
بين الأخوة المتحاربين,
أعطى للبشرية غيتا الشهيرة،
ليتأملها كل واحد منا.

ما زلت أراه يأكل الزبدة
في لوحتي طوال الوقت
أضعه مع أمه بالتبني،
بالأحمر والأزرق والجير.

الهيروغليفية

أبو الهول والهرم,
هياكل قديمة جداً,
لعدة قرون، صمدت لقرون,
كان الناس باردين جداً.

جاء شخص ما ليعرف,
هناك ما يكفي للنهب,
انتشرت الكلمات في كل مكان،
بدأ البحث عن الجذر،

ظهر علي بابا,
فتح الباب القديم،
أربعون لصاً كانوا هناك,
لهدم الجذر.

أكثر من قرن,
الرجال كانوا يقتلون الرجال,
من أجل الذهب و الجواهر الثمينة
عند العدد عشرة

الآلهة رع، رع، أتوم و أوزوريس
لم يتمكنوا من إنقاذ السرقة,
تيفنات حاول بأفضل ما يمكن مع المطر
جاء الجناة وغادروا.

حورس الإله حورس، رأس الصقر,
أنوبيس الإله رأس ابن آوى،
بكى نيفثيس طلباً للمساعدة،
"أوقفوا النهب يا إلهي"!

شو آلهة الرياح
ربما بذلت قصارى جهدها

جيب إلهة الأرض
لم تستطع أن تنقذ صدرها
ذهبنا داخل الهرم
لم يكن هناك ما نراه
فقط، جدران كبيرة سمينة كانت سليمة،
لكن المرشدين قيل لهم أن يفرحوا.

غرف بعد غرف،
أصبحوا صامتين للأبد،
الشيء الجميل في الأهرامات
مرفوعة الرأس، لا شيء يدعو للخجل.

هل تريد أن ترى كل
الأهرامات وأبو الهول؟
قد يستغرق الأمر شهوراً وسنوات،
كما لو، أنت عالق في النحس.

كان رع لا يهدأ، قال لي
لا ترسم الخط على المسرح،
كل الرموز، أصبحت حية،
كانت تغلي من الغضب،

كانوا سعداء بالبقاء غامضين،
ومجهولين كما يمكن أن يكون،
لم يريدوا أبداً أن يعرف العالم،
من خلال، رسام مجهول مثلي.

كل ملحمة فاروس
آمنة داخل الهياكل،
في شكل هيروغليفية،
في قوام مشرق وجريء.

دعونا لا نعد الأرقام، من
اللصوص، الحمقى أو المحتالين
ما تبقى، الكثير لا يقدر بثمن،
على الضفة، من النيل، الجدول.

ملابس متناقضة

متطورة وغنية،
سيوقف سيارة البي إم دبليو،
إذا عبرت قطة الطريق،

إذا كان القط أسود، سوف
ينزل من السيارة
في منتصف الطريق،
يتطهر بالصلاة.

لن تبقى في فيلا،
مع رقم 12 أو 14.
حتى الجار
يجب ألا يسكن في رقم 13.

لن تسمح للأرملة
الأم، أن تحضر
زواج حفيدها
الذي هو جزء منها
القلب، منذ ولادته.

بين 30 و 36
يجب أن يتطابق الغوناس،
حتى لو كان العريس
مطلق من الطبقة الوسطى

من الصعب للغاية الحصول على
الزواج، إذا كان أحدهما
مبارك من الكوكب الأحمر
كوكب يسمى مانغال.

من ناحية، لدينا
أنوثة غير طاهرة،

طوال الشهور
سنوات وعقود،
غير مسموح بها في المعابد,
ن هم لا أحد في
مجتمع واسع الأفق.

ومن ناحية أخرى
الفتيات، لا تهتم ب
مؤسسة الزواج,
بلا خجل و
الحياء، لديهم.

ببدلة جديدة من 3 قطع
على غرار الملابس الأنيقة
ريري، ابن آوى الماكر
في ديزني لاند
على استعداد لإيذاء الفتيات
في أدنى فرصة

ونفس الزميل
سيطلب المهر، و
مبلغ يصعب دفعه.

البريطانيون أيضا أبقى صامتا.
تذكر كوتوال,
السيد غشيرام، الذي
كونه، المسؤول، جعل
حياة الفتيات جحيماً
كل القرى التي كانت تحت سلطته؟
كان ذلك فظيعاً.
تلقى مجرد
تحذير من
شركة راج.

قتل الشرف موضة
اللامبالاة المطلقة من
,تداعيات الخسارة
,للعائلات التي تعاني
.هم فقط متفشية

زواج الأطفال ليس
.شيء من الماضي
في العديد من الولايات، فإن
الضيف الرئيسي هو هافالدار
خلال ساربانش ستة
.سنة ابنة جونة

السيدات، ارتداء الشيفون
انظر من خلال ساري من
من اختيارهن وليكن كل
,المنحنيات واضحة للعيان
لكن احذري أن تخفي
وجهها في الغنغات

استخدم كل العاميات في
,العالم، أحضر بلا تردد
كل الأمهات والأخوات و
,بيتيس في نطاقها
لن يمانعوا، لأنهم
يعلمون الآن أنهم
المواد التي سيتم استخدامها

أكثر الأعمال المربحة
.اليوم، هو تقديم الحماية
,لا ينبغي لأحد أن ينكر هذا العرض
خلاف ذلك، لن يكون هناك أحد
.هناك، لحمايته في اليوم التالي
,من الأفضل دفع أموال الحماية
.كن سعيدا لكسب المزيد من عملات البيتكوين

أورميلا وبا وبهابيجي

أورميلا، اللقب غير معروف,
زوجة لاكسمان، بقيت في
في المنزل، انتظرت طويلاً
لزوجها الحبيب
العودة، من واجبه الشاق
لحراسة ملك أيوديا.

با أو يمكنك استدعاء كاستوربا
موهانداس كرمشاند غاندي,
انتظرت في المنزل طويلا، لـ
المهاتما لتحرير وطننا الأم.

Bhabijiأو ، Bhagwati Charan Vohra,
زوجة بهاجت سينغ، انتظرت في
المنزل إلى الأبد، حيث ضحى
بحياته، ليمنحنا حريتنا.

لم تكن هناك وسائل إعلام في ذلك الوقت.

الحمام في مترو المدينة

غو-تور-غو، غو-تور-غو
لا ثانية من السلام
الصباح، حتى المساء، لا
فرصة، من المفترض أن تفوت

منذ زمن سحيق
قاعدة، هي نفسها للمضايقة،
ذكر الحمام يجب أن يركض وراءها،
الإناث تذهب إلى الشرفة.

أصبح المواطن الحضري من الريف،
الإيقاع واحد،
الفتيات يبحثون عن أماكن للاختباء،
كما، الأولاد يريدون ترويضهم.

ثم انتقلنا إلى مدينة المترو،
قواعد اللعبة تختلف،
الفتيات أكثر تقدمًا هنا،
من المفترض أن يعاني الأولاد.

الحمام وجد شيئاً جديداً،
الفتيان والفتيات في مدينة المترو،
يعيشون معاً غير ملتزمين،
يأتون إلى هنا، لملء كيتيهم.

فكر الحمام، لا فائدة، في
البقاء في مدينة المترو لفترة طويلة،
الأفضل، العودة إلى المخابئ الريفية،
فقدنا أغنيتهم الشجية.

الحمام والطيور والعصافير،
أصبحت، أشياء من الماضي،
ربما تفكر الغربان أيضاً
إلى متى سيصمدون؟

رادها كريشنا

أحب كريشنا أكثر من غيره,
من بين العديد من الآلهة
ساتيباما-روكميني
لم تجد رادها غريبة.

الملكات، عاشوا في القصور
مشغول لتسوية حساباتهم,
كريشنا أرضى كلاهما,
كان وقت رادها أكثر.

طوال اليوم، مشغول بالأبقار
العزف على الناي مسلية جدا,
جميع الأبقار والطيور وغيرها,
انها تأتي دون أن تفوت.

أنا الغريب أن تجد، كل من
عقلية الملكات على رادها,
سواء كانوا غيورين,
أو كان لديهم الكثير من شرادها.

الناس يسألونني طوال الوقت
لماذا أرسم رادها بهذه الجرأة؟
أنا أبتسم ولا أفضل أن أتكلم,
لوحتها، لا تباع أبداً.

عندما أجد رادها بداخلي
أشعر بالسمو,
أشعر بكريشنا حولي,
إنه لا حدود له وراء الزمن.

أرجوك لا تموتي يا رشيدة

ميلادية 1971,
سنة سوداء لبنغلاديش,
الفظائع والقتل الخطأ,
شائعة في كل مكان، حتى
جاءت المساعدة من الجانب الآخر
لرفع وجوه العار عن
طفلة بريئة، سُحقت من قبل
الجنود المهزومين الآن.

رشيدة، 16 سنة، سبعة أشهر
حامل، لا طعام ولا منزل,
ولا وجه لتظهره.
يقول الناس، إنها هي نفسها مسؤولة
عن هذه الفوضى التي لا تطاق.
لماذا بحق الجحيم هي مذهلة
جميلة؟ لماذا فتحت
الباب، عندما طرقوا الباب؟
لماذا لم تهرب، عندما
مزقت الوحوش ساريها الوحيد الذي كان لديها؟
إلى آخره، إلى آخره.

الناس لا يعرفون، أن
رشيدة قامت بكل المحاولات
لإنقاذ نفسها. لكنهم كانوا

سبعة في كل شيء، مع البنادق في متناول اليد،
تركوها في بركة من الدماء
لتنزف حتى الموت. من مكان ما
في الداخل، سمعت صوت رذيلة
"من فضلك لا تموتي يا رشيدة",
"أرجوكِ لا تموتي".

وتمكنت من العيش,

مهما كان صعباً،
.يجب أن تستمر الحياة
,كان هناك الكثير منهم
بعضهم معذب، وبعضهم محطم،
.بعضهم ممزق و بعضهم ميت

بنغلاديش الآن مستقلة
.دولة إسلامية، مليئة بالآمال
,بعد العديد من الانقلابات وظلال الدم
!الاستقرار الذي أنعم به الله تعالى
,فقراء، فقراء وفقراء جداً وفقراء جداً جداً
.ازداد عددهم أضعافاً مضاعفة

,وهو يرى محنة نساء بلده نساء بلده
Oوملاحظة موقف اللامبالاة من،
,المسؤولين في جميع مستويات الإدارة
.توقف الدكتور محمد يونس عن ذرف الدموع
.قرر بنفسه أن يفعل شيئًا ما
شيء ما؟ شيء ما ماذا؟
,جمع عشر نساء، وطرح الآن مشهورًا
مفهوم التمويل الصغير. لقد كان
يمكن التنبؤ به، ضحك الناس وحطموا
.أفكاره ومفاهيمه وأحلامه

,لم يستسلم. ساعد بمبلغ ضئيل
ازدهر تمويله الصغير. عشرة، مائة
,ألف، وعشرة آلاف، وعشرة آلاف، وملايين
.سار على درب الدكتور
مفهوم صغير ضئيل ضئيل لا يكاد يذكر
لمساعدة الفقراء، أخيراً
أصبح الأكثر حيوية وأكبر و
.وأنجح بنك جامين في العالم
مزين بجائزة نوبل، هذا المتواضع،
هذا الأخصائي الاجتماعي الرقيق الكلام، طيب القلب
,منقذ العديد من الراشدين في بنغلاديش
.مصدر إلهام للكثيرين حول العالم

الحمد لله!

حياتي كلاهما
جميلة وساحرة.

لا أستطيع أن
رؤية القسوة
ولا سماع القذارة.

لقد رأيت و
وسمعت ما يكفي
عندما كنت في الثالثة من عمري

كان الأمر مقرفاً
مليئة بالتعاسة
والإحباطات.

لم يكن هناك
جدري
التطعيم في ذلك الوقت،

لقد أثر على كل من
الأذنين والعينين.
ولكن، أنا سعيد.

زنابق على السماء الشمالية 3

في ذلك اليوم، رأيت، 3
زنابق في السماء الشمالية
ساحرة، حمراء اللون
اللون، متورد، مثل
عروس متزوجة حديثا في الحجاب،

آسر، انتشار
الأخضر الآسر، مع
أبيض، هنا وهناك,
يمكنني أن أشعر بالكفن
من الأفق المبهج.

سألت الزنابق، لماذا
هم في السماء؟
قالت كل الزنابق: "نحن
نكره الكراهية، التعصب، ن
الأحكام المسبقة هناك".

الاشتراكية

تُعرّف الاشتراكية بأنها،
التهام كل شيء من الجميع،
بحذر، الحفاظ على كل شيء،
مكياج الوجه المشرق،
القضاء بشكل منهجي على الزملاء المستحقين،
ملفك الشخصي الذي يرسله شعبك،
يجب أن يكون لديك قبول عالمي من السامري الصالح.
أيديكم الملطخة بالدماء
يجب أن تشبه فعل هولي، احتفالية الألوان،
احذر من أن تصدر صوتًا من عملتك السوداء،
وإلا فإنك سوف، عن طريق الخطأ،
تجعل الناس يستيقظون من سباتهم العميق.
لأنه، إذا أخطأت، سيكون الأمر مدمراً،
ليس لك فقط، بل لمرشدك أيضاً.

في مكان ما خلال رحلتك،
إما أن تكون أعمى اللون أو معصوب العينين،
حيث سيكون كل شيء أسود في كل مكان
مع عدم وجود ذرة من ضوء الحقيقة.
كيانك المغمور غير مسموح لك الآن،
أن تطفو على السطح وتتفاوض وتحب وتتحد.
ويومًا ما، ستتحول بالتأكيد إلى
ماعز سكيب أو خروف أسود أو حيوان آخر مناسب،
حتى الذبابة في كوب من الشاي الساخن غير مرغوب فيه

الاعتراف مستحيل لعقل مسود،
القصور، والليموزينات، والمعادن الصفراء والأحجار البراقة،
كلها سترفض إنقاذك،
أنت الآن محكوم عليك بالهلاك.

لا تنسى، أنت بنفسك أردت أن تكون،

أمير بلاد فارس، أردت الأميرة,
كملكية ثمينة لك، أردت عرشاً خاصاً بك,
ولكن من أجل ذلك، كان عليك أن تقهر الكثير، وتتجاوز العديد من العقبات،
وحصلت على العديد من الأرواح وأخيراً وصلت إلى القاعة المركزية,
فقط لتكتشف أن الأميرة لم تكن هناك,
بدلاً من ذلك كان هناك العديد من الرجال القبيحين ذوي الوجوه الملونة
يضحكون عليك بسخرية,
وأنت محاصر إلى الأبد في قصر الوفرة.
لقد تم إعلانك الآن خائنًا في أرضك,
حتى تجد أحمق ذكي آخر,
لتقع في فخك بذكاء شديد.

كما حوصرت في يوم آخر.

صديقي غانيشا

عيون حادة وفم غير مرئي
بطن ثقيل مع أذن ماموث،
جذع مرن وأسنان عاجية,
كونك صديقي، لا شيء يدعو للخوف.

نناديك أولاً، بأسماء كثيرة,
بقلبنا وعقلنا وروحنا،
سنصنع حلوياتك المفضلة,
لودو، موداك و كاجو رول.

أنت الإله الوحيد,
نحن نعاملك كصديق لنا، الأمل، الجيل القادم،
لن يكسر هذا الاتجاه.

حفيدي مولع بك,
يجدك في تلفازي,
يقول، "دادو، إنه لطيف جداً".
أبكي وأبتسم وأحسدك.

مقصورة زجاج ملون

نصف هذا العالم، على الهواء مباشرة
و Igloo في تيفاني على طراز ،
النصف الآخر في روبلات الحرب أو الفقر من صنع الإنسان.
مزينة بأفكار
من العصر الفيكتوري الذي عفا عليه الزمن
"أنا الأقوى".

من ناحية أخرى، يجب
اتبع إملاء
"الجيران رائعون",
شرطة الجوار,
يجب احترامهم و
معشوق، حتى لو كانوا
مقبول سوء تسمية الأفعال'.

ولكن، علينا أن نحاول جاهدين,
بأي طريقة. استعادة
سلام، هرقل هو عليه.
صعب، صعب جدا,
أعلم، قد تكون صعبة مثل الكوارتز،
يجب عمل إطار عمل,
لتحويل الملون الغني،
زجاج القرون الوسطى الشفاف

إلى جدران شفافة.
عندما، تستند المعارك على
الآلات العلمية, فإنه
يصبح زراً ضاغطاً
منافسة في التفكير.

ليجني أو بومبي، قصة,

هي نفسها. الإصابات
.دائما ضخمة في الطبيعة

إحصاء عدد
الحروب العالمية، يجب أن تفتح
,العيون المغلقة، من هؤلاء
صانعي القرار الجالسين
.براحة داخل كوخ زجاجي
الناس، على استعداد دائم لوضع
,التوابل في التفاوض
يجب التخلص منها، هم
,لا يستطيعون الجلوس بهدوء، فهم مشغولون
في التأثير على المحادثات، بوضع
المال أو القوى العاملة أو كليهما

تعريض أي محادثات سلام للخطر
في أي مكان في العالم، هو
.الأكثر تسلية، لعبة الوقت الماضي
يا إلهي، لقد حان الوقت لكي
تنزل على هذه الأرض الجميلة
كتجسيد ولكن كن حذراً
منا، لن نتردد في المبالغة في
.تسييس نواياك، حسنا

قد لا نسمح لك، أيضا، أن
,تقليل الفقر، أو زيادة الأخلاق
.في كلتا الحالتين، سنكون ضعفاء
نرجو أن توقظوا أولئك الذين هم في سبات عميق
.سبات عميق، كأنهم مخدرون
أرجوكم لا تضيعوا الوقت على هؤلاء
.داخل مقصورة الزجاج الملون

أمسية الحياة

أصبحت حراً في المساء.
فكرت، يمكنني الاستمتاع بأوقات الفراغ،
مع كل أقراني وأصدقائي،
الزوجة والطفل، بكل سرور.

بدأت أعيش حياة خالية من التسرع،
الزوجة كانت سعيدة و مسترخية،
لا "كات كات"، لا "باك باك"،
أخيرًا تحررت من الحياة المرهقة.

مرت أشهر في نعيم هادئ،
جاءت ريح لتكسر الهدوء،
"لماذا تجلس دائماً في المنزل
إنه أمر لا يمكن تحمله، لفقدان القداسة؟'

ستون عامًا، كان لدي، اسم رسمي واحد،
'الآن لدي اسم آخر، إنه 'عديم الفائدة'،
الكلمة الأكثر خفقانًا، في حياتي؛ لقد
حطمتني إلى أشلاء كانت 'عاجز عن الكلام'.

قررت كسر السلسلة اليومية
فقط، الأكل والنوم كالأحمق،
أخذت قلماً، وفرشاة لأرسم،
بدأت من جديد وأصبحت رائعاً جداً.

الآن، بعد أن انشغلت، بكل أحلامي،
لقد أخطأوا جميعًا بي، لأكون قاسيًا،
لقد رأوا مبدعاً، مبدعاً، مبتكراً و جديداً،
لا يستطيعون أن يأخذوا ذلك أيضاً، إنهم غيورون جداً،

الرحلة المجهولة

لا أعرف، متى بدأت الرحلة,
لم أعرف لماذا بدأت الرحلة"
لم أعرف، من، بدأت الرحلة"
لم أكن أعلم، لمن بدأت الرحلة

لا تعرف شيئًا، عن الوجهة,
لا تعرف شيئاً عن الشخص النظير
لا تعرف شيئاً، عن الوقت المحدد,
لا تعرف شيئاً، عن الحدود الممكنة.

لم يكن يعرف سوى القليل، عن القوانين التي يجب اتباعها,
لم يعرف إلا القليل عن العيوب التي يجب تضييقها
لم يعرف إلا القليل، عن المخالب، ليتم تجويفها,
لم يكن يعرف إلا القليل، عن العامية، ليتم ابتلاعها.

عرفوا بالتأكيد، أن، أن، أن، الدهر سيكون الرفيق,
علم يقيناً أن، أن، أن شخصاً ما سيكون البطل،
كنت أعلم يقيناً أن الجميع سيحاول أن يضخوا رأيهم
كنتُ متأكداً من أن الجميع سيحاولون أن يضخوا رأيهم

عرفت فقط, أن, يجب أن أؤدي دوري على أكمل وجه,
كنت أعرف فقط أنه يجب أن أخرج من المسرح على الفور,
أعرف فقط، أنه يجب أن أواجه الفشل بشجاعة,
كنت أعرف فقط، أنه يجب أن أحصل على الجوائز باستمرار،

عرفت جيدًا، أن وقت رحلتي محدود,
كنت أعلم جيداً أن نعمة الوقت غير مسموح بها,
كنت أعرف تمام المعرفة، أن الكثير من الأعمال ملتزم بها,
أعرف تمام المعرفة، أن عملي قد وصل إلى أن يكتمل.

إذن، لمَ لا، اجعل دخولك مفاجئًا؟
ثم، لم لا، اجعل عملك مدهشاً؟
ثم، لم لا، اجعل خروجك مبتسماً؟
ثم، لمَ لا، اجعل مواطنيك يصفقون؟

نورما جين مورتنسون

نورما جين مورتنسون
أنا آسفة، لقد تسببت في فوضى
كان يجب أن أقدمها
.باسم مختلف لا أقل

,"لم يكن هناك حرب "أنا أيضا
,تم إساءة معاملتها، سوداء وزرقاء
بكت من قلبها في السادسة
.غير قادرة على تقديم أي دليل

,دار الرعاية ودار الأيتام
,هناك حيث كانت تكبر
في سن العاشرة زائد ستة، ستة عشر،
.أصبحت مارلين مونرو

ثعلب القرن، أعطى أول .20
,عقد الحياة، 25 مليون دولار في الأسبوع
,لاحقاً، 25 مليون دولار، أقل لها
الآن، لم تكن ضعيفة جدا،

لاعب البيسبول إلى الرئيس،
الجميع أرادها أن تكون ثنائياً
أول عطل في خزانة الملابس،
التنورة ارتفعت في الهواء،

عدد لا يحصى من الرجال والنساء
أصبحوا معجبين بسحرها
هوليوود، الآن منزلها،
عاشت برأس مرفوع وبسالة

,لم تستطع نسيان أطفالها
زوجها أخذهم بعيداً
على الرغم من العديد من العواصف

لم تنكسر ولم تتأرجح.
حزن لا يطاق في داخلها
يتصاعد عليها يوماً بعد يوم,
غير قادر على التحمل، ضربة ملحقة،
على نفسها، رحلت بعيداً.

فرقة الأوركسترا

نحن نحب الأوركسترا,
ليس على الإطلاق أن نكون جزءًا منها,
نحن فقط نحب الرقص، إلى
النهاية من البداية.

المزيد من قادة الفرق الموسيقية، كلما كان ذلك أفضل,
يجب أن نتبعهم جميعا,
دعهم ينهبون ويسلبون ويسرقون,
لن نعمل أبداً على المماطلة،

نحن متفرجون خبراء,
وضعنا قفل على شفاهنا
دعهم ينهبون وينهبون
ليس لدينا مقص لقصه

لا تنزعج على الإطلاق، ل
الجيل القادم,
هذا ما أظهرته
في رسوماتي ونصوصي

واريس

"كن مدرباً يا بني,
لأنك حربي
لطالما حلمت بذلك
يوماً ما ستكون
حامي كرسيي الجدير"

ركز على
روتينك المقرر,
عززوا وتحملوا
قوتك العضلية.
سيساعدك ذلك لاحقًا,

لا تزعج نفسك;
أنا متشاجر و
تريبوس في مجال عملي,
في الهند، فقط عن طريق تشوتكي
(بفرقعة أصابعي)
انتهى عملي.

صانع الكوندالي

,الهند، سوق كبيرة وكبيرة
لكل صانعي الكوندالي
,سأخبرك القصة
.ليس هناك ندرة في الآخذين

السيد موخرجي سيد المستقبل
.وصل إلى منزلي فجأة
,كانت أمي قد أرسلت، للتحدث معي
.وإذا وافقت، اصنع لي كوندالي

.رغبة أمي أمر لي
,، بعد التحميلMukherjee بانديت
بوري، زريعة السمك، و rossogollas,
.جلس معي، ن بدأ الاستجواب

,نحن، كلانا يكسب ويستقر
لا توجد مشكلة مالية
مع أطفال رائعين وسعداء
لقد رسم، قلمه ن، لاكشميبيمبليم،

بدأ ملاحظاته بملاحظة حزينة
,ثلاثة "دوشاس"، يجب أن يتم الاعتناء بها
عند سؤاله كيف، أعطى قائمة جاهزة
?قائمة جاهزة! عندما حصل على وقت للتحضير

,لم يسأل أبدًا، عدد الأطفال
أعلنَ، كُلّ أطفالي مشرقون،
,ولن نواجه عقبة مالية أبدًا
.دفع بعض الآلاف، لجعل الأمور في نصابها الصحيح

,كان سعيدًا، كانت أمي سعيدة
كانت تعلم علم اليقين، أنا غير مؤمن،
سمحت لدخيل أن يصنع لنا

كوندالي, أنا لست أحمق
أنا محرّك محسوب.
دعوت إلى اجتماع، في البيت، من الخمسة,
قلت، "انظروا، أمي لا يمكن أن تخطئ".
الجميع كانوا يستمعون لي باهتمام
"كونداليز هي كلمات الله وأغانيه".

"لا يجب أن تكون كاذبة,
يجب أن نعمل بجد، لنراها صحيحة.
لا تضيعوا دقيقة واحدة
لإثبات، السيد موخرجي الكمال ".

كان الجميع على حق، الأم، بانديت وأنا,
الأطفال كانوا مشرقين كما توقعنا
لم نواجه مشاكل مالية أبداً
كان الكوندالي مصنوع بشكل صحيح

كان للسيد موخرجي ثلاثة أطفال,
فينود و سوبرا و شارميلي
لم يكسب أحد منهم رزقاً جيداً
بانديتجي لم يصنع الكوندالي الخاص بهم.

ربما، كوندالي مصنوعة على,
قائمة معدة مسبقا والمعاناة,
بانديت لا يمكن أن تجعل من تلقاء نفسه,
كما لم يكن هناك أي عرض.

ثاني أفضل كلمة من ثلاثة أحرف

"أفضل كلمة من ثلاثة أحرف بالنسبة لنا هي "أمي,
نحظى بليالٍ لا تنام لتسلينا,
طباخة، غسالة، ممرضة، في بعض الأحيان،
تفتح صالون لقص الشعر، في المنزل.

خلال بعض السنوات، نطلق على أنفسنا
ناروتو شيبودن، النينجا، في نهاية المطاف,
نحن نعرف كل شيء، من هذا الكوكب، و,
معرفة أمي أصبحت بالية.

ثم نتركها، بحثاً عن نجمنا ,
في طريقنا، نجد رفيق لنا،
نبدأ حياتنا، مع حزم ضخمة سمينة,
لا وقت لك يا أمي، لا يمكن أن تفوتك الحافلة.

"بدلا من أن تكون "أمي"، تفضل أن تكون "أمي,
على الرغم من موقفنا اللامبالي،
تستمر بالدعاء، إلى الله، من أجل عافيتنا,
لا يمكننا أن نقيس حجم معاناتها،

أمي، لقد قمنا بتنسيق موقع ذاكرتنا ,
أرجوكِ لا تقلقي، بشأن جدولنا الزمني,
لم يعد لكِ وجود، في عقولنا القاسية,
دعيني أمحو، وحدة عاطفية أخرى.

"ثاني أفضل كلمة من ثلاثة أحرف هي "أبي,
رجل مستبد، متهور، مندفع، متهور،
لم يكن أبي أبدًا أبي، كان رئيسي أولًا،
مهما أردت أن أكون، كان يعكس خطتي.

,لم أهتم أبدًا أن أعرف، لماذا كانت الكلمة الأفضل
أبي، كان يعني لي، العصراني السجان في شولي،
,"دائما، "افعل، ما أفعل، واتبع ما أقول
.نحن، الأبناء عديمي القيمة، اتبعنا دون تأخير

,كان قاسياً جداً، كان نمر بنغالي ملكي
,في العديد من المرات، أردنا تحطيم سيارته
,لكن، لم يأكلنا، ولم نحطم أي شيء
لقد كان شديد الحماية، لم يترك لنا أي ندبة

,ذلك، ما أدركه الآن، أنه كان يفكر بنا دائماً
أراد أن يرانا نكبر، أكبر منه بكثير،
لم يستطع إظهار عواطفه أبداً، كما كان أبي،
لم يكن شفهياً مثل أمي، لم يستطع أن يخيط الخياطة،

,أردت أن أمحوه أيضاً، من ذاكرتي
,كما فعلت لأمي كي لا تزعجني مرة أخرى
,لكن خلايا الحصين، لم تكن لتمحى
.مرمزة بقوة في القشرة المخية، المحاولات ذهبت سدى

,وجدتُ كلا والديّ يظهران من جديد، في نفسي الداخلية
,أمسكت نفسي في ارتكاب الخطيئة، قاومتني إلى الأبد
,الآن هما يعيشان في كياني الكلي، دون أن يكون هناك عائق في داخلي
.قد يظن الناس أني أحمق، لكني أعلم أني ذكي

,"يجب أن أعترف للجميع اليوم، "أحبك يا أمي وأبي
,سأعبر صحراء الحياة، أحتاج إلى إرشادكما كثيراً
,في كل مرة أزل فيها عن طريقي، أحتاج إلى إصبعك يا أبي
.كن معي طوال 7/24 يا أمي، لا تعطيني وقتاً أقصر

,أمي وأبي، تعلمت قيمتك، عندما أصبحت أبي
,إذا كنتما موجودين، فأنا غني، وإلا فأنا فقير
أعدكما أن أربي ابني، كما فعلتما معي سابقاً،
إذا ما تعثرت مرة أخرى، أرني الباب الخارجي

المدرب الحقيقي

ماهابهاراتا,
الملحمة الأسطورية,
بصرف النظر عن اللورد,
لها ثلاث شخصيات رئيسية.
فياسديفا، مبتكر
الملحمة، ماهابهاراتا;
سوكادافا، ابن فياسديفا,
بيت كنز المعرفة,
روض جميع الرذائل والرذائل,
كان أفضل
مدرب هذا الكون;
وأخيرا، الملك باريكشيت,
Decendent of Kuruvansha,
ملعون حتى الموت,
من قبل "تاكشاكا" العظيم.

قصة الأيام السبعة
المعروفة باسم "بهاغوات سابتاه",
يتعامل مع باريكشيت، الحصول على
عظة من سوكاديفا,
كيفية ترويض الخوف من الموت.
كل جلسة سرد القصص الرئيسية
التي تتعامل مع حوادث
عصر ساتيا نارايانا، يجب أن تبدأ بـ
"سوكا أوفاتشا":

ولكن قبل تفويض هذا الواجب,
لتدريب الناس، من "ترويض الخوف",
فياسديفا, فكر, أن ابنه
يجب أن يذهب إلى مدرب محترف.
لا ينبغي أن يكون راضيا، أبدا.

طلب فياسديفا من جميع
الآلهة وديمي الآلهة، أن يكونوا
بالإجماع، أن يقترحوا واحداً
,اسم، تحت إشرافه باريكشيت
يجب أن يتدرب. كان الجميع
انخرطوا في مناقشة جادة
.ومشاورات لفترة طويلة
في النهاية، الاسم المطلوب
,ظهر في أذهان الجميع، وكان ذلك من
,الملك جاناك، حارس لاكسمي
.في تجسيد مختلف، سيتا

قررت، أعطيت باريلكشيت فقط
ثلاثة أيام فقط لإكمال
.التدريب والعودة إلى الوطن
من خلال القوة المتعالية و
القوة اليوغية، عرف جاناك، أن
التلميذ قد وصل، الذي يجب
.أن يوقر. لكنه لا يستطيع أن يفعل ذلك
,جاء باريكشيت، وانحنى أمامه
ودون إضاعة الوقت سأل،
أنا ابن فياسديفا، هو"
;"أرسلني إليك من أجل "جيانا
,من المفترض أن أنشر ذلك
."بعد ذلك، بين البشر

,جاناك, صفق. دعا رئيس الوزراء
لا بد لي من تدريب هذا الصبي. يجب أن أعرف"
.قدراته العقلية
,أريه تفاصيل قصري
خذه إلى مطبخي الواسع، و
,واسطبل الخيول من سلالات مختلفة
,وأيضا مصنع صنع "راثا" الخاص بي
لا تنسى أن تريه حدائق الملك،
.مع العديد من الزهور والنباتات
اشرح كل شيء بالتفصيل، بحيث

"يمكنه أن يتذكرها بشكل صحيح، عندما يُسأل".

استغرق الأمر يومين تقريبًا، لإنهاء المهام.
اليوم الثالث، جلس الملك جاناك على عرشه،
كان باريكشيت متوتراً، إنه يومه الأخير.
إذا عاد، دون أن يتدرب،
قد يفقد الجميع الثقة به، بما في ذلك الأب.
كسر جاناك صمته، وسأل، "هل أنت مستعد لإعطاء وصف تفصيلي لـ جولتك؟" فأجاب بالإيجاب.
لكن، تابع جاناك: "لقد أجريت بعض التغييرات الطفيفة تغييرات في الحديقة والإسطبل والمصنع.
اذهب مرة أخرى، ولا تستغرق وقتًا طويلاً، ثم عد و أبلغ عن التغييرات. إذا كنت على حق,
أخبرهم، سأقوم بالتدريب، وليس غير ذلك".

قبل أن يبدأ باريكشيت مرة أخرى، هو,
طُلب منه الانتظار. سيدة مساعدة
كان جاهزًا وعاء من الحليب، مع المزيد
حليب إضافي أيضاً. أعطت الوعاء له.

وسكبت المزيد من الحليب، الذي كان على حافة الفيضان. ذهبت بعيداً.

قال الملك، الآن ابدأ رحلتك,
ولكن كن حذرا، رش قطرة واحدة
"قطرة واحدة غير مسموح بها. "وقتك يبدأ الآن.
بدأ باريكشيت رحلته بحذر.
ذهب إلى إسطبل الحديقة والمصنع.
عاد بنجاح، دون
إراقة قطرة حليب، كان سعيداً.
ولكن عند السؤال، لم يتمكن من تحديد
الفرق. لم يرهم على الإطلاق.
كان مستغرقاً في وعاء الحليب.
في الواقع، كان داخل وعاء الحليب.
لقد عرف على الفور أن التدريب

كان كاملا وكاملا. كان جاناك يبتسم.
أعطى بركاته وذهب باريكشيت.

تعلمت منهجية ومفهوم
كن في داخلك، إذا كنت تريد أن تتعلم" من والدتي"
والدتي التي نجحت في الصف الرابع، في سن مبكرة.
ما زلت أسأل نفسي، "هل كانت أمي، جاناك,
خلال ولادتها الأخيرة؟"

البركان الخامد

.كان جبل أجونج خامداً
,وكمسافرين، ذهبنا إلى هناك
,قال السائق لكلينا
.ابقَ بعيداً، لا تقترب
,زيارة بالي جعلتنا سعداء
بعد زيارة شرفة الأرز
,بعيداً عن، جبل أجونج
.و، لم ندفع الثمن

مع صوت الرعد
فتح "أجونَج" فمه.
,النار، الحمم والكثير من الرماد
.الريح جاءتْ مِنْ الجنوبِ
سدت الطرق و
,وأطلقت المركبات أبواقها
نحن كُنّا حيلة، تقطعت بنا السبل،
تحت شجرة مثل الراهب،

شاهدنا الغضب، من
,الله، على شكل نار
أطنان من الرماد ملأت السماء،
.وحمم منصهرة من الغضب
,في ومضة، تحول التل إلى اللون الأحمر
الكل علق في باركنسون،

نسيت التحرك من المكان،
.مع ديفيدسون الجديد

,وجدنا السائق في الأدغال
بالنسبة لنا، لقد كان لغزاً غامضاً
لقد أنقذ الكثير منا
وبلاده من وصمة العار

الأسد في الغابة

كان هناك أسد,
كان لديه خمس زوجات
كان لديه عشرة أطفال,
في خلاياهم الوحشية

خمسة كانت كافية، ل
لجلب صيد في اليوم,
كان له نصيب الأسد
لم يكن لأي منهم رأي.

مرت السنوات
دون أي خوف أو شعور
كانت الأشبال الآن كبيرة بما فيه الكفاية
غير مستعدين لمشاركة الصيد

افترقوا ذات يوم,
ودّعت الأمهات بعضهن، وظهر أسد آخر,
للإطاحة بالأسد العجوز.

كان الأسد العجوز وحيدًا,
لا أحد يهتم به, بالصدفة, حصل على فرصة
لينضم إلى فريق السيرك.

كان سعيدا جدا,
المدرب كان يجلب
ما يكفي من اللحم
كان نجم الحلبة.

ذات يوم، جاء إشعار
لا يمكن استخدام الحيوانات
تم إرسال الأسد إلى الغابة,
لم يستمتع أحد

الأسد، كان عجوزاً جداً
لم يستطع الإمساك بفأر
يبحث عن مأوى،
الآن، يبحث عن منزل.

كان جائعًا، مصابًا بشدة،
جاء، يبحث عن مدربه،
المدينة، صرخ بصوت عال،
"أسد، أسد، اقتل القاتل".

ركض هنا، ركض هناك،
عانى الكثير من الألم،
غير قادر على تحمل الهجوم،
تم القبض عليه في الممر.

ذات مرة أسد في الغابة
الذي زأر كالملك
الآن مربوط كخنزير ميت
يتدلى في حبال

كان سعيداً في السيرك
مع مدربه في الحلبة
جاء أحد محبي الحيوانات
وبدأ يغني وهو يقتله.

الدراما المسرحية

الأعمال الدرامية مكتوبة دائماً.
واقعيًا على خشبة المسرح و
قاعات المسرح مع الجمهور.
الدموع حقيقية، سواء على المسرح
من المؤدين ومن
الجمهور، مستمتعين بالواقعية.

لا يوجد سبب لأي شخص
للصراخ والصراخ والبكاء و
لإلقاء اللوم على الفعل المؤدى.
لا يوجد إكراه، لـ
يصبح الممثلون، رفقاء حقيقيين
أو أعداء؛ عليهم أن يؤدوا،
والخروج، في الوقت المناسب، قبل فوات الأوان.

عندما كالبا، دخل العرض
مع هودي، لا ينبغي لأي جمهور
أن يتوقع أو يتمنى أن يكونا ودودين
لا أحد من المشاركين، أحضر
أكاليل للآخرين. لقد جاءوا فقط
للفوز بالملايين. وهذا كل شيء.
طارت الكلمات بحرية، إندي، باكي،
هاندي (أولئك الذين يأكلون باليد)؛
كان كالبا أذكى، ممثل على قدم المساواة

ممتاز، لفت الانتباه، من
العالم كله، من خلال الكثير من
دموع، الدفاع عن وطنها الأم.

حصلت ملابس هدي على خيمة، في
عجلة عربة عرض الأخ الأكبر. كل شيء،
متحدون، يجب أن يتعلم هودي درساً
أو اثنين، من التسامح، والتضحية، من أجل

الهند، ممثلة بـ كالبا، معروف عنها.
لا مفر منه، كان خروج هودي واضحًا وصاخبًا,
حتى الرعاة في الخارج، انسحبوا,
العطور ذات العلامات التجارية، عمل تجاري خالٍ من المخاطر،

من غير الواضح بالنسبة لي، حتى اليوم، لماذا كان هودي
عوقب بلا رحمة؟ ذكر الطبقة، هو
لا بد منه في كل شكل في الهند! لا أحد
يعطي لعنة، الناس سعداء لاستخدامها,
هذه الظاهرة، اعتراف، في الوظائف,
وفي الانتخابات أيضا. نحن نستمتع بكل جزء منه.
معايير مزدوجة، لا شيء آخر.

تحولت الطبقية-العرقية إلى
العرقية، تحدث مرارا وتكرارا، فإنه
أصبح صحيحًا، وحصلت كالبا على
ميزة، أصبحت عالمية
مشهورًا بين عشية وضحاها. الدعوات
جاءت في متناول اليد، من الملكات والفرسان
رؤساء الوزراء وغيرهم.

المزيد من الملايين القادمة عن طريق,
عروض من أنواع عديدة، في كل من
الهند وأوروبا أ. هدي, ال
دخل لاكسمي المنزل، مبارك
كالبا واختفى! في الحقيقة
لقد استمتعت بالدراما المسرحية

الخاتم

,أنا في الحلبة
شخص ما دفعني
!أنا هنا، مندهش

كثير من الناس
جاءوا لمشاهدتي
لي والحكم على
.أدائي

بدأ الوقت
في الوقت المناسب. أنا أيضا
.عرضت الساعة
بدأت في القيام بـ
,الأداء. و
.أنهيته في الوقت المناسب

في انتظار
يوم الحساب
القادم

سلة الفاكهة

الكثير من الفواكه
في سلة واحدة كبيرة,
لا تحاول أبدا أن تقاتل
لا شيء هو الهدف.

أنواع كثيرة جداً
الأشكال والألوان
لا تسأل عن الحجز،
لا تطلب أي معروف

لماذا هم عنيدون جدا,
لا يستمعون إلى أي قائد
لتبرير حقهم بالولادة
ليس لديهم أي ملتمس؟

الجميع سعداء ومتساوون,
مستعدون دائماً للعلاج
نحن نحبك أيتها الفاكهة العزيزة
اسمح لي، أنت، أن أحييك،

آلة الزمن

إكم هذا لطيف! ليس لديك منطقة زمنية في الفضاء
بغض النظر عن مدى سرعة أدائك لعملك,
أو كم من الوقت تفكر في إكماله,
ليس عليك أن تضحك، ليس عليك أن تنتحب.

أدر العجلة، ضد الساعة، ثم، اسأل الشاعر
لماذا البئر، وضعت على قمة التل؟
لماذا كان على جاك أن يسقط ويكسر رأسه، لماذا,
كان على البريء أن يسقط، كما فعلت جيل الصغيرة؟

انعطف قليلاً لليسار لتجد سندريلا، لماذا كانت
فقيرة جدا، وجعلت من الأمراء فقط لتلك الليلة،
لماذا كان الآخرون محرومين، وخسروا بشكل كبير,
لماذا كانت كل أخت سندريلا تتشاجر دائماً؟

الذهاب قليلا على التوالي، سوف تجد القصر، مليئة بالأضواء.
يجب أن يكون رام راجيا؛ راجا رام يجلس على العرش.
لماذا نسي باغوان رام، أنه نزل على الأرض,
مع كل قيود البشر، كان مجرد نزهة.

لم يكن عليه أن يأخذ سيتا التي لم يكن
لم يستطع حمايتها. أو كانت سيتا مثل الدجاجة القافزة,
لم تستمع إلى رام وذهبت إلى أعماق الغابة,
لم تستمع إلى لاكسمان وذهبت إلى عرين رافان؟

كان يجب على سيتا أن تبدأ حركة "أنا أيضاً" إذن,
رافان لم يتصرف معها بشكل لائق، طوال الوقت,
ورام لم يصدق، أنها لم يكن لها ذنب,
رام راجيا، كان، أين يمكن لرجل الغسيل أن يصيح زوراً؟

أوه! هذا هو كريشنا! مجهزة بكل الأسلحة في اليدين,

وسألته لماذا، ظل سخا سوداما له الفقراء إلى الأبد، حيث، زوج كالافاتي حصلت على فائدة الشك في أي وقت من الأوقات؟ شيشبال، حصل على مئات الفرص للقيام بجرائم شديدة للغاية؟

كارنا أم إكالابيا؟ من هو أكثر لعنة وأكثر سوء حظاً؟ كلاهما، أفكار، دورفاسا ودروناتشاريا، الحكماء العظماء، نهاياتهم، مثيرة للشفقة جدا، نسيهم بسهولة، تذكروا الآخرين. لماذا كل كانساس وبوتانا، تركت وراءها، كل هذه العصور؟

إذا كان بإمكاني التعامل مع آلة الزمن، وعكس فتحات التاريخ، إذا كان بإمكاني أن أرى، كومبهاكارناس وماهيساشوراس من عملية الولادة، رام الأصلي يجلس على العرش دون مانثارا,
تحقيق العدل، للجميع، بما في ذلك جميع الأمهات والأبناء والأمراء.

الزجاج

أكره الزجاج المصنوع من الزجاج,
ليست مصنوعة من الفولاذ,
يمكن لأي شخص استخدامها وسحقها,
لا يهمني كيف يشعرون.

أكره الزجاج، المصنوع من الزجاج,
ليس لديهم معدات واقية,
إنها هشّة، بطبيعتها،
بالقوة، هم في حالة هتاف،

أكره الزجاج، المصنوع من الزجاج,
لماذا هي ضعيفة جداً و هشة؟
النظارات القوية لا تفشل أبدًا، فهي
لا يتركون أي نتيجة للتسوية.

أكره الزجاج، المصنوع من الزجاج
إنهم ليسوا أقوياء و أقوياء,
يجب أن يدركوا أن العالم سيء
يجب أن يكونوا أقوياء و يفوزوا في كل المعارك،

ثلاثة أكواب على الطاولة

اتصلت بأصدقائي,
في مساء أحد الأيام;
كانوا مستعدين,
لكن الوقت يضيق.

كانوا اثنين في الكل,
وأنا المضيف
كان ثلاثة مثاليين
وكلهم سيستمتعون أكثر.

حسب رغبتهم,
أبقيت كل شيء جاهزاً,
لم أكن أعلم أن
الحياة، مليئة بالكوميديا.

كل الكؤوس كانت ممتلئة,
لم يصلوا في الوقت المناسب,
ثلاثة كؤوس حصلت على طلائي،
الماء والاكريليك والبرايم.

طاووسان غاضبان

أنثى الطاووس,
يعيشان في فريندافان
يتشاجران مرة أخرى,
وضع تنهيدة من تنهد، N

لقد حان الوقت للرب,
يأتي هنا بالصدفة،
انهم مستعدون للعرض،
على استعداد لبدء رقصتهم.

سيأتي الجوبيون أيضًا,
قد يذهبون في نوبة
أحضر دائما خرقة إضافية,
كإجراء وقائي

لكنهم يعلمون أن كلا المجموعتين
يتم الاحتفاظ بها في مثل هذا المكان,
لن يكون من الصعب عليه
للعثور عليهم، بنعمة.

لن يخرج الجوبيون
حتى تختفي ملابسهم
ثم يبكون ويصرخون,
ويذهبون في حالة حزن

عندما، انتهى تمثيلهم
الرب مسرور جداً
تُعاد الثياب، كل
يتم التخلص من التوترات.

يتحرك الرب الآن تدريجياً
نحو زوج الطاووس
ليرى مهاراتهم في الرقص

حتى يتمكن هو أيضاً من الإعجاب
لكنه يجد كلاهما
في مزاج منزعج من المرارة
ابتسم ولوح و
.طلب منهم عدم إلقاء القمامة

,المعروفة بتنوعها
,بدأ في الغناء و البوب
,صوت حلو من مزماره
جعلهم يرقصون ويقفزون،

تجمع كل الغوبيين
,شكلوا حلقة حول الرب
بدء ليلا، مع الإيقاعات، ن
.الناي لمس الوتر الصحيح

,كان الرب هناك، مع كل واحد
,لم يكن هناك ما يفاجئ
,اندمج الجميع مع الذات الداخلية
.جعل كل الجوبيات تستقطب

,حتى الجوبيات اندمجت في ذات واحدة
,عندما انتهى راش ليلا
,أصبح الطاووسان واحدا
.كل الاندماجات تم إلحاقها

ثم اندمج الطاووس مع
Gopi، كما حصلوا على إيماءته,
,أخذها بين ذراعيه مبتسماً
.ولم يكن هناك سوى الرب

زائر غير مرغوب فيه

بانجاليبابو في كولكاتا,
سوف يموت بالتأكيد، بدون
كاري السمك والأرز, ن, بدون
نوم عميق بعد الظهر،
إذا كان يوم الأحد.

عندما، رن جرس الباب،
في الساعة 2:30 بعد الظهر، كان،
ليس فقط منزعجاً بل غاضباً.
متردداً ومتردداً,
فتح الباب وهو يتثاءب.

مصدومًا تمامًا,
وجد طفلاً في السادسة من عمره,
يقف على كرسي,
استمر في قرع الجرس،
متجاهلاً وجوده الشرير.

"ماذا تفعل بحق الجحيم
في منتصف نومي العميق؟"
"من أنت بحق الجحيم؟"
لم أرك من قبل,
بالأحرى، لا أريد شيئاً.
اخرج من هنا، ولا تأتي مرة أخرى.

غير متأثر، الطفل الصامد، س
وقال: "أريد أن ألعب لعبة",
قال أبي، لديك واحدة
كان الأمر محبطاً بالنسبة له، قال
"لعبة؟ أنا لا ألعب لعبة".

"أليس لديك لابتوب كاكو؟"

سأل مبتسماً مرة أخرى.
فشل بشكل ملحوظ، فرفعه,
من المقعد، وأحضره
داخل غرفة النوم، وطلب منه الانتظار.

أعطى الطفل الكمبيوتر المحمول,
بدأ اللعبة للطفل،
حذره من الإزعاج مرة أخرى,
لأنه لم ينهي
حصته التي يحتاجها بعد ظهر يوم الأحد.

كان المساء تقريبا,
عندما طلبت منه زوجته
أن يستعد لـ
فيلم المساء المقرر,
كان عليه أن ينهي الشاي قبل ذلك.

بحث عن الطفل,
ذهب! كان الكمبيوتر المحمول مفتوحاً,
"لقد فزت، مرحى".
بعد يومين، كان الوقت مساءً.
ورن الجرس مرة أخرى.

كان الصبي الصغير يقف مبتسماً,
لكنه لم يكن وحده,
أحضر والده معه.
شعرت بالخجل، عندما كان الصبي,
قدم لي "كاكو، إنه أبي,
نحن نقيم في البيت المجاور

الكآبة

لدي المال
السلطة والمنصب.

يمكنني أن أفعل
كل ما أتمناه.

إذاً، لماذا
أنا حزين
ومحبط؟

لقد وجدت اليوم
غيتس أغنى
مني.

هذا سيء للغاية.

معبر الحمار الوحشي

كان ذكيًا ووسيمًا.
ذكي جداً، أفضل منا,
قُبل في صف الرياضيات بمرتبة الشرف,
كان يركب سيارة حمراء، ونحن نركب حافلة حمراء.

جاء من غواهاتي، آسام,
والده كان ضابطاً في دائرة الخدمات الداخلية
تم تعيينه كجامع في مدينتنا
لذلك لم يكن بخيلاً

خلال فترة قصيرة من ثلاثة أشهر
بدأت جميع الفتيات بالتحدث معه
حتى بعد ثلاث سنوات من العمل
ومع ذلك، لم نتمكن من مصادقة ريمجيم.

لقد كانت جميلة، ومضمونة من قبل الجميع,
كانت وقحة، من الصعب الاقتراب منها,
لكن براتيك، ذلك الفتى الأسامي،
كل يوم، أعطاها وردة حمراء.

بالنسبة لنا، إما أن تترك الحقل وتهرب،
أو العثور على شيء، لإنزاله.
بوس ابن عمة بوس تابان بوس,
يمكن أن تساعدنا، للتقليل من شأن المهرج.

تاباندا أرسل قائمة من عشرين
الصديقات السابقات لابن المحصل,
كما تلقى نفس التعليقات الخمسة عشر,
"شخص خطير وغادر".

المزيد من المعلومات, تليها بعد ذلك,
ساريكا انتحرت,
كانت حامل ومصابة بفيروس نقص المناعة البشرية,

براتيك والأب، أراد الاختباء.

لحماية ابنه المصاب بفيروس نقص المناعة البشرية,
أخذ الأب نقل، وجاء إلى هنا,
الشرطة تلاعبت بالملف في آسام
لذا، لم يحدث له شيء هناك.

لحظة، عرفت ريمجيم الحقيقة,
كانت ممتنة جداً للمجموعة,
أصبحت صديقة بعد ذلك، و
أنقذناها من انقلابه.

نحن نعلم أنه أثناء عبور الطريق,
يجب أن نتبع، قاعدة عبور الحمار الوحشي,
قليلا هنا وهناك، عن طريق الخطأ،
حادث هائل، ن حياتنا قد تكون في عداد المفقودين.

امرأة في شبكة الأسلاك

وجدت امرأة تكافح
عبر قمة الجبل
مع سلة على رأسها
و وعاء على خصرها

كانت قد ذهبت على بعد ميل
لجلب وقودها الصباحي
بالإضافة إلى الجذور وأوراق الشجر
كان من المفترض أن تضيف بعض الزيت.

كانت تقوم بحركة متوازنة
لتبقي كل الأشياء في مكانها,
كانت تضرب من أعلى إلى أخمص قدميها,
لكنها لم تبطئ من سرعتها.

كان جلدها مثل صفائح النحاس,
كانت تعمل تحت الشمس
لتطعم ثمانية في منزلها,
كانت دائما في حالة هروب.

رجلها، كان هناك، ليس للمساعدة،
لكنه كان مشغولاً مع غزاله
كل صباح، كانت تحضر
وعاء كبير مليء بالخمر

ستة أولاد وبنت، كانوا سعداء,
كان الموظ هناك للعب،
الفتيات الكبيرات سيساعدن أمهن,
الأولاد كانوا يصنعون الألعاب من الطين.

كانت ترتدي قماشًا عاديًا
مصنوع من أخشن أنواع الجوت,
كما لو كانت في شبكة سلكية,

لكن، دائمًا ما كانت تبدو جميلة جدًا.
إنهن نساء التلال البسيطة,
يعرفن الجبل جيدًا،
وحدهن يتدبرن أمر التل،
غير مدركين للنجاح والفشل.

نحن نصرخ بأعلى صوتنا,
لتكييف طريقة شاملة,
في الواقع، نجد العكس,
نطبق قاعدة الحصرية،

يوم شتاء برتقالي

في أوائل ديسمبر، كانت الساعة التاسعة صباحاً،
صباح مشمس، شمس جميلة، كان الجو برتقالي بارد،
كانت ترتدي سترة زرقاء ذات ياقة عالية،
كانت تبدو، رائعة وجميلة وباردة وجريئة،

جمال مذهل في كل مكان، أعلى وأسفل التل،
قطار الألعاب كان يمر، دارجيلنج، في أفضل حالاته،
كانشينجونغا يقف برشاقة، في غطاء أبيض،
غير معروفين، لبعضهما البعض، كلاهما كانا يسيران على عجل.

الطرق الجبلية دائماً ما تكون وعرة، كان صباحاً شتوياً،
مع حقيبة ثقيلة في يدي، كنت أصعد الطريق،
كانت تكاد تركض للأسفل، قادمة من الأعلى،
بالنسبة لكلينا، كان الأمر صعبًا، أن نتبع قانون السير.

الحوادث تحدث بدون منطق، إنها لعبة عيب،
في المنعطف الثالث من الطريق، انعطفتُ يساراً، وهي انعطفت يميناً،
اصطدمت! كلاهما سقطا على الطريق، الحقيبة تركت يدي،
ظننت أن ذلك كان متعمداً، كانت مستعدة للقتال.

صرخت في وجهي بأعلى صوت، تعافيت من السقوط،
كنت مندهشًا ومحتارًا ومنغمسًا في جمالها الأخاذ،
لم أكن أعرف، أنها كانت خبيرة في جذب الجماهير، بصراخها، وبطبيعة الحال،
أصبح الجميع شاهد عيان، ومستعدين للقيام بواجبهم.

كنت قد ذهبت إلى محل بقالة، لجلب الخبز والزبدة والبيض،
ست بيضات، تدحرجت على المنحدرات، والباقي أفسده الرجال،
لم تكلف نفسها عناء معرفة حقيقة المشكلة، ولم تكتفِ بإيذائي بل دفعتني إلى الوكر.

انصرفت منتصرة، فقلّ الزحام أيضاً، ببطء، وقفت على قدمي، التقطت حقيبتي
الفارغة من على الأرض، ذهبت ببطء مرة أخرى إلى البقالة، لأشتري الأغراض
مرة أخرى، كانت هناك، منزعجة، دفعت على عجل وتوجهت إلى الباب.

كدت أصطدم بها مرة أخرى، ولكن، كنت حذراً، تركتها تمر من البوابة، رمقتني بنظرة خبيثة، وكأنني؛ أصبحت ظلها، عدت مسرعاً إلى صاحب المحل، اشتكت مني، طلبت منه أن يتخذ إجراء صارماً، وذهبت نحو المرج.

ابتسمَ صاحبُ المحلِّ، ودعاني إلى الداخل، وأعطاني كوبًا من الحليب,
كان يعرفني جيداً، أنا هنا لأغطي التلة بأكملها من أجل مجلة,
كان يعرفها أيضاً، كان منزعجاً دائماً، لا يفوت فرصة للوم,
مزيج من الوجه الجميل والقلب الغليظ، لم أستطع تخيل ذلك.

أصبحت مشغولاً بكاميرتي وكلبي وحذائي الجبلي,
ذهبت إلى دير بودهست، المعروف بعظمته وهدوءه,
جلستُ على الأرض المتلألئة؛ فأغلقتُ عيني وأذني لأول مرة,
شيء ما أخذني إلى عالم من النعيم والسعادة الأبدية,

وخرجت هادئاً، مع حمولة كاملة من الذكريات في كياني الداخلي,
الآن فقط يمكنني الجلوس لمقارنة صور العدسات الداخلية والخارجية,
رذاذ خفيف في الشمس، على الجبل العالي، تحت السماء الشاسعة، وفراغ نقي في النفس، في ذاتي رغم كل حواسي.

تمشّيت، مشيت، ركضت على سلالم التل، كسجادة خضراء,
عشرات السيدات، بالزي التقليدي، يقطفن أوراق الشاي، ويغنين؛ شلالات لا حصر لها هنا وهناك، وأقواس قزح حولي، ركوب التلفريك، مناظر طبيعية جبلية خلابة للغاية.

في الصباح الباكر، استأجرت سيارة جيب، للذهاب إلى تلة النمر المشهورة بشروق الشمس,
الكثير من الناس تجمعوا بالفعل، ليشهدوا دليل الطبيعة، أشعة الشمس المشرقة من خلف سلسلة جبال كريس كروس وفي دقيقة واحدة، أصبحت السماء قرمزية وحمراء وصفراء وزرقاء مخضرة.
مطابقة للسماء بألوانها الجميلة، هناك كانت تقف وحدها,
ظلال حمراء على خدود بيضاء، فكرت في التقاط صورة,
التفتت فوجدتني أمامها مباشرةً، و الكاميرا في يدي,
ربما ظنتني، أنا، تابعاً مقرفاً، شيطاناً لا حكيماً.

وقبل أن تنبح، قلت لها: أرجوكِ لا تسيئي فهمي,

أنا مصور لمجلة مشهورة,
أقوم بعملي في التل
أنا لا أتبعكِ، ولا يهمني من أنتِ، تصرفي
كسيدة
اذهب أنت في طريقك الجميل ودعني أذهب في طريقي,
كوني سعيدة ومرحة وهادئة.

لدهشتي ابتسمتْ، واقتربتْ مني وقالت: 'أنا آسفة جداً,
لقد سمعت كل شيء، من نفس صاحب المتجر، بأنك
رجل لطيف,
أنا سائح، جئت من مكان بعيد، لا أستطيع أن أعتمد على أحد، لأسباب واضحة، أنا
متأكدة أنك ستسامحني، وتساعدني لأرى ما أستطيع رؤيته'.

كانت هناك ، معي طوال الوقت ، إلى جميع الأماكن التي زرتها
لأغطيها,
لم تكن بهذا السوء كما يبدو، كانت سعيدة وودودة، وساعدتني في اختيار الخلفية
لالتقاط الصور,
كنا نذهب معاً إلى متجر البقالة، كانت لطيفة وودودة.

في أحد الأيام، تلقيت مكالمة من مكتبي الرئيسي، كانوا سعداء بعملي,
وأعطوني مهمة أخرى لتغطية مدينة تاريخية ذات أهمية، كان علي أن أتحرك
بسرعة، ذهبت إلى فندقها لتوديعها آخر مرة، لم أعرف لماذا التقيتها، لم يكن ذلك
يحمل أي أهمية.

استقللتُ قطاراً لعبة، لأرحل خارجاً، لأكون بعيداً عن سلسلة الجبال,
لَوحتُ لسيدات حديقة الشاي، وأولاد المدرسة وفتاة، كانوا يضحكون ويلوحون لي،
كانوا متعلقين بي الآن,
كنت سأفتقدهم جميعاً، التلال والناس واللؤلؤة البيضاء.

إزالة السجادة من أرضية الرقص

,في أوائل ديسمبر، كانت الساعة التاسعة صباحاً
,صباح مشمس، شمس جميلة، كان الجو برتقالي بارد
,كانت ترتدي سترة زرقاء ذات ياقة عالية
كانت تبدو، رائعة وجميلة وباردة وجريئة،

,جمال مذهل في كل مكان، أعلى وأسفل التل
قطار الألعاب كان يمر، دارجيلنج، في أفضل حالاته،
,كانشينجونغا يقف برشاقة, في غطاء أبيض
.غير معروفين، لبعضهما البعض، كلاهما كانا يسيران على عجل

,الطرق الجبلية دائماً ما تكون وعرة، كان صباحاً شتوياً
مع حقيبة ثقيلة في يدي، كنت أصعد الطريق،
,كانت تكاد تركض للأسفل، قادمة من الأعلى
.بالنسبة لكلينا، كان الأمر صعبًا، أن نتبع قانون السير

,الحوادث تحدث بدون منطق، إنها لعبة عيب
,في المنعطف الثالث من الطريق، انعطفتُ يساراً، وهي انعطفت يميناً
,اصطدمت! كلاهما سقطا على الطريق، الحقيبة تركت يدي
.ظننت أن ذلك كان متعمداً، كانت مستعدة للقتال

,صرخت في وجهي بأعلى صوت، تعافيت من السقوط
كنت مندهشًا ومحتارًا ومنغمسًا في جمالها الأخاذ،
لم أكن أعرف، أنها كانت خبيرة في جذب الجماهير، بصراخها، وبطبيعة الحال،
.أصبح الجميع شاهد عيان، ومستعدين للقيام بواجبهم

,كنت قد ذهبت إلى محل بقالة، لجلب الخبز والزبدة والبيض
,ست بيضات، تدحرجت على المنحدرات، والباقي أفسده الرجال
.ولم تكلف نفسها عناء معرفة حقيقة المشكلة، ولم تكتفِ بإيذائي بل دفعتني إلى الوكر

انصرفت منتصراً، فصار الحشد أيضاً خفيفاً، ببطء، وقفت على قدمي، التقطت
حقيبتي الفارغة من الأرض، وذهبت ببطء مرة أخرى إلى البقالة

مواطن من العالم

أتذكر بشكل مبهم,
كان هناك درس,
"مواطن من العالم",
يا بني، ابن عامل بناء الحجارة.

حفظناه عن ظهر قلب,
كتبنا الإجابة
حصلنا على علامات جيدة,
نسيت المغامرة.

بعد نصف قرن
كنت على المنصة
لإلقاء محاضرة عن
"كونيوم ماكيولاتوم".

مدرسو الأحياء
كانوا يستمعون باهتمام
بانتباه شديد، عن
نبات الأرض الخبيث

ربما الكوبرا الملك الكوبرا
قد استعار السم,
كنت أعتبر؛ في ومضة
تصبح خارج الحركة.

اسم هذه الزهرة
استخراج، المعروف باسم "الشوكران".
في التاريخ كله، تم استخدامه,
مرة واحدة، سأقوم بفتحها.

ألفين وأربعة
قبل مائة عام

حاول العثور على
معنى الحياة ن الأنا.
كان راديكاليًا و
غير بديهي
جذاباً إلى حد ما.
لم يكن خاضعًا.

لم يلتفت أبدًا إلى
ما يسمى بقادة المجتمع,
هو، أعطيت له سمعة سيئة
وأرسل إلى الأسر.

قال شيشرون ذات مرة: "لقد
جلب الفلسفة
من السماء".
أصبح جديراً باللوم.

كان سقراط. كان
كان رجل إعلام واحد,
عوقب على النفاق,
عانى من جنون العظمة.
في زنزانته، كان
أعطي وعاء من الشوكران
معكرونة معقدة من الحياة
كان يحاول فتحه.

'مزيج من 'داي,
الحياة الداخلية و 'شيطان"
دايمونيون" كان دينه,
غير مناسب للخداع الاجتماعي.

كل من هو صاخب
ضد الحكم
القوات النظامية
سيواجه التنمر,

لا تغيير في التفكير،
,ثلاثة آلاف، على
ناريندرا دابهولكار ن
ذهب جوري لانكيش

كان جوفيند باناسار
,لم يسمح له بالبقاء
,كولبورجي الكاتب MM
لم يستطع إنهاء مسرحيته

الفرق الذي وجدته
,بين لحظتين
,ثم، عرضوا السم
.الآن، يضخون الرصاص

جهاز تنقية الهواء

ولدت وترعرعت
في بيت مصنوع من الطين
لم أضطر للبحث
عن حقل للعب

كل مساحة مفتوحة كانت
ساحة لعب لنا,
خلاف ذلك، يتم استخدامه
لزراعة بعض السحق.

رياضاتنا المفضلة,
كانت، الرخام، بيتو
جولي داندا، و
الغزل لاتو.

في مصباح الكيروسين,
درس التكلفة والسعر,
جنبا إلى جنب مع اللغة الإنجليزية
الرياضيات والعلوم.

لم يكن لدينا أي
حقيبة ظهر أو بوصلة
أو ديكور مزدوج
صندوق طعام في الفصل.

كانت مهمتنا هي الدراسة,
عندما كنا في المدرسة
السباحة، في النهر، لدينا
حمام سباحة كبير.

في الوقت الذي حصلنا فيه على
علامة النجاح في الصف العاشر,
كنا نعرف كل الأنهار,

بما في ذلك نهر هافيل.
لم نواجه أي
عقبة، لنكون في المدينة,
للدراسة والجري والسباحة,
كانت لدينا القدرة الكافية.

واجهنا الأزمة
للحصول على الهواء النقي,
عدوى فيروسية أصبت بها,
لم يكن ذلك عادلاً.

يقولون الآن، أن
لدي حساسية من الغبار
أخذت بعض الأدوية
لحماية طاقتي.

أصبحت أول ولد,
لدهشة الجميع,
كيف يمكن لفتى قروي
يمكنه الحصول على تلك الجائزة؟

لا أحد يستطيع أن يهزمني في
في السباحة لمسافات طويلة,
حصلت على الكأس لمدرستي,
كل الآخرين كانوا غاضبين.

حصلت على أشياء جديدة، تم إصلاحها,
في غرفتي في السكن،
الآن، حصلت على جهاز تنقية الهواء،
رميت المكنسة القديمة.

هل ستموت يا أبي؟

أومأ إلى الطبيب,
"سيدي، أريد رؤية ابني",
نادى الطبيب على الابن,
انهمرت دموعه، وارتجفت شفتاه,
حاول لكنه فشل في الكلام.

اقترب الابن وسأل
"هل ستموت يا أبي؟"
لم يستطع النطق بكلمة,
لم يستطع رفع يديه,
لم يستطع حتى البكاء بحرية.

عرف الأطباء، أنه لم يعد كذلك.
الممرضة، أخرجت الصبي,
الأطباء، رأوا الرسم البياني للهدف،
علينا أن نبقيه ليوم واحد،
أضف 12 ألف دولار. لقد حققنا الهدف،

تم إخبار العائلة بالأخبار الجيدة
هناك فرصة للشفاء
سيتم وضعه على جهاز التنفس الصناعي، لكن،
على الزوجة أن توقع على الاستمارة.
إذا مات، لا أحد مسؤول.

في صباح اليوم التالي، تم دفع الفاتورة,
أخذوا الجثة إلى منزلهم,
بكاء, إكليل من الزهور, تم النعي
ثم انطلق في رحلته الأخيرة على
على أكتاف أقاربه وأصدقائه

مع مرحلة متقدمة من السرطان

كان مقدرا له أن يموت قريبا جدا. لذا
دفعت العائلة الأقساط
.في الوقت المناسب، لتجنب أي مضاعفات
.لكن المستشفى أطال فترة إقامته

.شركات التأمين كانت سريعة
قاموا بتسليم شيك بقيمة
.روبية كانت الزوجة في حيرة من أمرها 4,88,000
.يجب أن تتلقى خمسة آلاف روبية بالكامل
."آسف، "رسوم التهوية غير مشمولة

السيرة الذاتية لعدسة الكاميرا

في ذلك اليوم، رأيت رجلاً
مع كاميرا
ذاهب لتصوير
قتل
قاتل، في السجن.

لديه تكلفة باهظة
احترافية
كاميرا احترافية، والتي
يمكنها تصوير، كل من
الضحك والدموع
الفرح والمخاوف.

عدسة
الكاميرا قد فقدت
كل المشاعر
تحولت إلى رقمية.
لقد عفا عليه الزمن.
يأخذون سيلفي.

دخلت الألبومات
في أجهزة الكمبيوتر المحمولة،
لا تجاعيد

الأيدي من أي وقت مضى
لمس المحبوب
واحد بعناية

من الكاميرا إلى
مايكرو sdإلى ،
الكمبيوتر المحمول، إلى اثنين
تيرابايت، إنه
متعب للمزاج

أن يدوم طويلاً.
لذا، لا بأس
ليعلم الجميع،
أنا آلة بلا حياة
آلة، الذي
البقاء على قيد الحياة على الفيسبوك،
وتطبيقات أخرى.

اتصال بلوتوث

عندما سأل الملك الأعمى سانجاي
"صف لي ما يحدث هناك".
لم يرفض سانجاي ولم يقل "نعم".
بدون اتصال، كيف يمكن المشاركة؟

كريشنا الخالق، خلق 'بلوتوث',
طلب من سانجاي أن يتصل به,
سأله سانجاي: "هل سيعمل حقاً"؟
"نعم، لا تحتاج إلى هاتف محمول ولا شريحة".

سانجاي من خلال هذا الاتصال بالبلوتوث,
وصف الحرب مع جيتا للملك,
انتهت الحرب، سأله سانجاي,
متى استخدمت لأول مرة، هذا الشيء الجديد؟"

دعا سيتا ، للذهاب إلى أسفل الأرض,
كان دراوبادي على وشك أن يفقد الغرور,
سمعت كونتي، سافيتري إلى ليلافاتي
أنا قدمت يدي للاتصال.

لماذا نسيت سانجاي
كيف ساعدت براهلاد؟
رادها ن ميرا تحدثت معي
لم يكن حزينًا أبدًا Bibhishan.

بالنسبة لك، قد تكون جديدة,
بلوتوث" الذي اتصلت به",
كان 'ديبيا-دريشتي',
تم تثبيت البشرية.

بائع سلة القصب

كنت أنتظر حافلة، في موقف الحافلات,
رأيت فتاة صغيرة تحمل سلة في يدها,

كانت جميلة جداً، طلبت مني بأدب،
"عمي، خذ سلتي، إنها ليست غالية"

"كم ثمنها؟" "إنها بعشرين فقط,
لكن إذا أخذت اثنتين، ستدفع ثلاثين فقط."

يا لها من امرأة بائعة كما ظننت، ثم,
قالت: "يوميا، أمي تصنع عشرة".

فضولي، أنا، استفسرت عن عائلتها,
الأب لا يستطيع الكسب، لأنه يشرب بكثرة.

نبيع عشر سلال، لنحصل على وجبتنا,
إذا بعت أقل، قال أبي، سيقتل.

رأيت أمها التي جاءت مسرعة,
"لقد بعنا خمسة، بيعي البقية بسرعة".

طلبت من أمها أن تأخذ قسطًا من الراحة,
اشتريت الخمسة كلها لأنها كانت الأفضل.

قالت بسعادة: "لدينا بعض الوقت,
سأصنع واحدة أخرى وأبيعها وأحصل على عشرة سنتات.

قبل أن أدفع المال، كانوا قد ذهبوا,
كان موقف الحافلات فارغاً، لم يكن هناك أي شيء.

انتظرت لمدة ساعة، حتى يصل كلاهما,
كنت ألعن نفسي، كيف سينجوان؟

جاءت أمي راكضة، بوجه مبتسم،
ومعها سلة جديدة مع حقيبة.

أعطت "باكار"، خبزًا مصنوعًا يدويًا،
قالت: "من أجلك صنعته الصغيرة".

كنتُ في حيرة من أمري، مع لفتة المحبة التي قامت بها،
أعطيتها بعض النقود دون أن أعدها.

أردت أن أخبئ مشاعري المؤثرة جداً،
وصلت الحافلة، وأخذت ملحقتي.

نزهة تعبدية

,أحب السفر إلى أماكن كثيرة
,إنها في وضع عبادي
أذهب لرؤية الجليد الجبلي،
.تحب مسكن شيفا

,عندما أطفو في نهر هوغلي
,وهي مشغولة في داكشينسوار
,إنها تعبد كانياكوماري
شروق الشمس وغروبها، أنا أفضل،

,بوري، البحر يلامس قدمي
عندما تكون في الضريح،
,الرب جاغاناث معها
.الماء والرمال لي

,منتشية تصبح عندما
,في معبد سيدهي فيناياكا
بالنسبة لي، مارين درايف هو
أفضل مكان، إنه بسيط جداً

أسير, بالقبعة الذهبية
,من ضريح ميناكشي الرائع
في حالة من التأمل في حالة التأمل
.هو مع الرب كما الكرمة المغناطيسية

، رحلة، AshtaVinayaka خلال
,أصبحت مبتهجة جدا
استمتعت بالجبال، لها
.كان زينيث في ذروة النعيم

,ذهبنا إلى كاماخيا ديفي
كانت في سانكتوم سانتوروم

من، أعلى منحدر الجبل,
كنت بسعادة غامرة، غبي و أمي.
معبد أمريتسار الذهبي,
أوبيثودوموس، ألمع,
فتن أديتون عالية عالية,
هي، في نشوة بأمره.

كلاهما، سومناث ودواركا،
هما أكثر الأماكن المفضلة لديها;
إنها تجلس ساعات مع الأسياد,
لكن، أبحث عن آثار كريشنا.

أنا مصطلح المعابد ذات الأهمية,
خلايا الصحة النفسية الاجتماعية والثقافية,
يأتي الناس ويشفون و
راضٍ، حقًا، بقرع الأجراس.

أنا لست ملحدًا أو ملحدًا,
كل يوم أجلس في غرفة البوجا الخاصة بي,
أفسر بإيماني به,
لا يجب أن يكون مرئيًا للجميع أو يلوح في الأفق.

كما، نذهب إلى المعبد,
آخذ دارشان سريعاً,
أبحث في الداخل عن مفاجأة,
وأخرج للوحي.

خمسة خمسة وثلاثون خمس وثلاثون محلي، المنصة رقم ستة

كلاهما سيستقلان فيرار السريع المحلي,
تم إصلاحه، لا تغيير على الإطلاق.
من محطة بوابة الكنيسة,
في الخامسة تماماً، سأتلقى اتصالاً.

كلانا سنرى بعضنا البعض,
ابتسامة؛ المشي، إلى قاعة الانتظار
على رصيف رقم ستة,
"الوصول إلى "شارما تي مول".

هو أول من يأتي يوميا,
مع العلم أنني أتيت متأخراً قليلاً
"تشاي جاهز هاي باهوراني",
شارماجي، يناديني في وقت متأخر.

قلت له عدة مرات
أننا مجرد أصدقاء
لكنه عنيد جداً
يقول أنه يعرف كل الاتجاهات

بعد الخامسة والنصف، عادة،
السكان المحليين السريعين، ليسوا ممتلئين,

لذا، نأخذ هذا القطار، إلى
الجلوس معا، إنه رائع جدا.

كلانا من أصحاب الخبز,
نعرف مسؤولياتنا,
سوف ينهار منزلي
إذا، تحولت من واجباتي.

نحن لا نحب أيام الأحد,
أفتقده كثيراً
هو أيضًا ربما يشعر
كما أشعر به أنا أيضاً.

لا أستطيع أن أقول، حول
مستقبل هذه العلاقة,
أنا قلق هذه الأيام,
لدي بعض التوتر.

كلتا عائلتينا لديها
نفس المشاكل التي نواجهها
عائلتي ستواجه أكثر إذا ذهبت
هم سيواجهون أقل

نسافر يومياً معاً
لمدة ساعة ونصف
أحب مضغ أظافري,
هو فقط يحب الضحك.

اليوم، هو ليس سعيداً,
أنا أعرف السبب,

فتاة اختارها لحياته
يجب أن أقول قراري.

حاول إقناعي
هو أيضاً سيرى عائلتي,
إنه لا يعلم أن
أخي متخلف عقلياً

لقد جاء إلى منزلي,
لكنه لم يرى أخي,
إنه محبوس في غرفة
بناءً على نصيحة الطبيب

إنه لا يستمع إلى أي شخص,
إنه يستمع لكلامي فقط
هل يمكنني الذهاب

إنه لا يستمع لأحد,
إنه يسمع كلامي فقط,
هل يمكنني الذهاب بعيدًا ولو ليوم واحد؟
أسأل نفسي، هل أنا جبان جداً؟

لدي قراري جاهز,
وقلت له "لا",
"لن يناديني أحد بـ 'بحوراني',
لأنني تركته يذهب.

أنا لا أسافر عن طريق فيرار بسرعة,
لا مزيد من مول شارمجي,
ألعب مع أخي
بكرته المطاطية الصفراء.

الجنة مقابل الجحيم

كلتا الولايتين، الجنة والنار
لديهم مشترك، عاصمة، قلعة كبيرة.

كان كرسي شيتراغوبت في الطبقة العليا,
الله - يمراج، كان الزوج الأكثر صعوبة.

الزوج السياسي الداهية والحاذق,
جميع البيانات للمشاركة Chitragupt يحتفظ.

كان يمراج نشطًا، مات الرجال قريبًا,
كان من النادر أن نرى، ألف قمر.

أصبح خاملا قليلا، كثير عبر الثمانين,
أزمة هناك في الأسفل، والحاجةُ شديدةٌ.

قلَّ الحقلُ ليزرع، وكثُرَ الفمُ ليطعم,
الله في حيرة من أمره، وليس هناك من دليل.

عندما، وصلت إلى هناك، سعيد كان الله,
فم واحد أقل، يعني، جراب واحد ممتلئ.

كانت بياناتي مفقودة، هذا فاجأ الجميع,
لكن يجب أن يتم إرسالي قريباً، خارج القاعة،

إما الجنة أو الجحيم، يجب أن أذهب,
يجب أن يقرر الزوجان ويخبراني بذلك،

لم أقرر، لقد أعطيت الخيار,
أرني كلاهما، لاتخاذ أي إجراء،

تم دفعي خارج القاعة,

للمغامرة، على حد سواء المماطلة.

كنت في حالة لاغية ضخمة,
كان عليّ أن أقرر مصيري.

قيل لي، بابان هنا,
أحدهما لـ"الجرأة"، والآخر لـ"الخوف".

أمام 'الخوف'، وجدت الكثير,
قبل "الجرأة" كان الطابور صغيراً.

رأيت شخصًا يحمل دفتر ملاحظات,
قارئ نظرة"، يمكن أن يقرأ نظرة".

حاول الكثيرون جاهدين إخفاء خطاياهم,
جريئة، تحركت بحرية، بكل الوسائل.

اتخذت قراري، عدت إلى القلعة,
أنا جريء بما فيه الكفاية لأختار الجحيم.

، حصلت على العيبChitragupt الآن,
بواسطة زلة، جاء اسمي في التعادل،

الآن، لديهم الآن لتصحيح الفعل، تي
والخيار ملزم للجميع،

أنا الآن مصمم على عدم العودة,
غير مستعد على الإطلاق، لملء أي كيس.

عليهم أن يتتبعوا، حكمهم الخاص,
الآن أنا جريئة وحرة للإبحار.

محطة هورا

لقد رأيت العديد من محطات السكك الحديدية
حول العالم، لقد زرتها,
زيورخ وباريس من المحطات الفنية
لندن و هوراه،

ثلاثون رصيفاً في محطة هوراه,
كل واحدة منها مختلفة في طبيعتها,
بعضها يخدم قطارات البضائع,
وبعضها للركاب فقط.

واحدة من أعاجيب السكك الحديدية في الهند,
تصميم كلاسيكي مع العديد من الأقواس
مصممة من قبل الرؤساء البريطانيين,
حولها، أحب أغصان الزيتون.

أحب الذهاب إلى هناك كل أسبوعين
فقط للجلوس في زاوية والمراقبة,
أنغمس في النشاطات،
أطنان من الطاقة، أحب أن أحافظ عليها.

الآن هم يعرفونني باسم "دادو
جميعهم يحافظون على مكان جلوسي نظيفاً
صغار لاكسمي يأتون إليّ,
كل منهم هزيل جدا ونحيف.

انهم جميعا يعرفون، 'دادو' سوف تعطي,
عملة معدنية لكل منهم، مقابل كوب من الشاي,
عندما ألاحظ عينيها المؤلمتين
أنسى الأنشطة الأخرى لأراها.

مرة كنت قد سألت لاكشمي، لماذا,

,عائلتها تتسول بشدة
هل زوجها لا يدعمها؟
.أعطتني ضحكة غامضة

,ولدت لاكسمي على الرصيف
,ونشأت هناك لتكبر على التسول
,ثلاثة عشر فصاعدا، كانت سعيدة
.الجميع كانوا يعطون، الخبز والزبدة والبيض

,وصل الأطفال واحدًا تلو الآخر
,لم يهتم أحد بحياة الصغار
,كانت وحدها تعتني بهم
كملكة نحل، مغلقة في خلايا النحل،

,أعطى الحمال بعض الأشياء لبيعها
,تحت أنف ضابط الشرطة الذي يشمّ أنفه
,هي تعلم أنهم لن يؤذوها
في الليل، عليها أن تكون قريبة قليلاً،

,بعيون حادة وشفرات حادة
كل النشالين نشيطون جداً
مجرد غمزة من سائق التاكسي، سوف
.سيجعل النشالين انتقائيين

,جميعهم يأتون لحمل حقيبة المسافر
ويضعون الحقيبة في مقصورة التكييف
يختفون دون أن يأخذوا المال
يصبح المسافر سعيداً و راضياً

ثم، يجد محفظته وسلسلة ذهبية
مع قلادة مفقودة
في ذلك الوقت، غادر القطار الرصيف،
وأطلق محركه صوت هسهسة

,سائق التاكسي وضابط الشرطة
تجمعوا بكل جيوبهم

لتوزيع الثمن بأمانة، من
المحفظة، السلسلة مع الأقفال.

رأيت العديد من المهربين، والباعة المتجولين
الضباع والرجال البسطاء المتنكرين,
في لمح البصر يأتون، يخطفون، و
يختفون، قبل أن أعد العشرة

عندما أنتهي من إقامتي لمدة أسبوعين
أرى أعجوبة أخرى من الخلق
جسر هوراه المعشوق
يساعد على التحرر، من الخلاص.

أمشي، على ممر المشاة الجانبي
يستغرق مني ما يقرب من ساعة للعبور,
أتساءل، هل فكرت لاكسمي من قبل,
سيأتي السائس، جالساً على حصان؟

اشتريت فرنًا كبيرًا جدًا

,كان لدي فرن صغير
,أهداه لي ابني، لذا، لم أشتريه
لكن زوجتي أرادت
.فرن صغير، لا أعرف لماذا

,كانت تتمنى واحدة صغيرة
,كطبيعتي، أردته كبيرًا
أرادت أن تخبز كعكة،
أردت أن يندمج الطعام الشرقي والغربي،

,OTG لذا اشتريت واحدة كبيرة
,دون أن أعرف أين أحتفظ بها
,أحضرته أمازون للمنزل
.عندما رأيت حجمها، فقدت نومي

,زوجتي سليمة جدا
في الكهرباء والحرارة والضوء،
,لا أجادلها أبدًا
.كنت على وشك أن أتلقى بعض المحن

حافظت على هدوئها، قالت لي
"عندما تعمل،
,يجب أن تحصل على ما يكفي من الضوء
."وينبغي أن تكون جيدة التهوية من جميع الاتجاهات

,صنعت منصة
,كانت صغيرة، فصنعت أخرى بلوح خشبي
,كانت كبيرة جدا لاستخدامها
بدأت بإعداد نفسي للحصول على طول الذباب،

,حصلت على قاعدة متحركة
أنفقت الكثير من المال، كانت قابلة للتعديل،
,الحجم لم يكن مطابقاً

اضطررت لإعادتها لأنها كانت قابلة للإرجاع.

لقد جربت ست قواعد إجمالاً,
ثلاثة جاهزة وثلاثة مصنوعة يدوياً من قبلي,
إنها في مزاج يسمح لها بالمرح,
جميعهم يأتون لرؤية المنصات، وليس OTG!!!

ذهبت إلى متجر حديد,
للحصول على قاعدة مناسبة مع شقوق للهواء,
طلب مني الحضور لاحقاً,
لم يقبلوا وظائف جديدة، كان لدي كابوس.

بمجرد الانتهاء من القاعدة،
زوجتي ستخبز كعكة الشوكولاتة للجميع,
الخليط جاهز، لفترة طويلة,
لدينا، وهو ليس صغيراً جداً، OTG يجب أن يحب الجميع

تحولت المشكلة إلى
لا ينتهي أبدا، لا أحد يفهم saas-bahu مسلسل,
كبير، OTG أنا تركت مع
لا يوجد مكان في المطبخ مع ستة منصات مختلفة.

أحب أن أعيش

أحب الله ومخلوقاته.
الطيور والأكوا والحيوانات وأنا.
التناقضات، في كل مكان,
الحيوانات عقلانية، لكن لديها
إنسان غير عقلاني.

الأسد لن يقتل الماعز أبدًا، إذا
بطنه ممتلئ; لكن الرجل سوف
قتل، عندما تنفجر محفظته.
التناقض واللامعقول، هو
أوامر جامحة وجامحة
من الجانب الآخر من الحدود
يتم تنفيذها بوحشية.

نموت، وننجو أيضاً;
ما زلنا نحب، ونبكي كواحد.
الرصاص، والبنادق، أيا كان، لا
لم تعد موجودة بالنسبة لنا بعد الآن.

في بعض الأحيان، أجد طفلًا
ضُرب لينزف، فقط لأنه
سرق خبزة، من مخبز.
في نفس الذهاب ألاحظ، بعض
الأولاد الأغنياء لديهم، الحيوانات الأليفة السمينة،
مع، الحاضرين لخدمة الكلاب.

الأبناء والبنات المغبونين
اسأل بحيوية، لآبائهم،
لماذا أنجبت لنا،"
مع العلم أنكم لا قيمة لكم؟
الآن تعطينا أحلاماً جوفاء
لن تتحقق أبداً؟

يحصلون على ركلة، في انتزاع الذهب
,سلسلة، ن الأقراط، بسرعة على الدراجة
يستمتعون بصراخ وعويل الضحية،
إنه إنتقام من دموع أمهاتهم

كثير من الأطفال، يموتون، في مزبلة؛ البعض
.محظوظون لرؤية هذه الأرض الجميلة
البعض الآخر، عينوا أنفسهم
,حراس هذا المجتمع
يعطي الأوامر لجرائم الشرف
.من أقربائهم وأعزائهم

باسم، الطقوس التقليدية
,يتم قتل الحيوانات بوحشية
يسمون ذلك "تضحية". عشاق الحيوانات
يستمرون في إعداد
.خطبهم، لا أحد يهتم

من الأفضل عدم ذكر، حول
,الغابات، الأنهار وتنفس الهواء
,المنافقون، مثلي، يتحركون
بحرية، وضع قناع مكلف لـ
.حماية مصالحنا الخاصة

ما زلت أحب الاستماع، إلى أصوات
من الطيور التي تتجنب الطيور، فهي أيضا تخشى
أن يُقتلوا. في الآونة الأخيرة، الناس
.توقفوا عن التشبيه، الأجسام الطائرة

قابلت لا جياكوندا

منذ الطفولة
سمعنا عن الابتسامة,
غامضة جدا في الطبيعة
في، أسلوب لا هوادة فيه.

في الشباب، رأيت صورتها
على غلاف كتاب قصصي،
أحببت وجهها المبتسم
وأصابعها الجميلة.

كانت ستائرها مهيبة
بني اللون، مزركشة كبيرة
في العنق؛ وشاح، على يسارها.
لرؤيتها من أي وقت مضى سيكون من التشويق.

مع الخلفية المخضرة
هناك جسر فوق النهر,
هذا، يعطينا مجموعة قرية،
جبال عالية في كل مكان.

زوجة فرانشيسكو جياكوندو,
عرفت، سمة ليوناردو دافنشي,
كان زوجها مسليا, إلى
تجد، وقالت انها سوف تحب صورتها.

لقد كلف ليو
لوضعها على لوحة,
أطلق عليها اسم "الموناليزا".
ربما كان لديه إعجاب كبير.

من 1503 إلى 1507،
استغرق صنعها أربع سنوات,

احتفظ بها لمدة سنتين,
لم يأتي أحد ليأخذها.
نقله من إيطاليا إلى فرنسا,
بناء على نداء الملك فرانكوسيس الأول,
عرضها، في قصر الملك,
في ذلك الوقت، لم يكن أمراً مهماً.

بعد قرن من الزمان، الملك لويس الرابع عشر,
وضع هذه اللوحة على جدار غرفة نومه,
الملكة لم تعجبها على الإطلاق، لذا,
أخفتها في القاعة المركزية.

أخذها نابليون معه,
زوجته وضعتها في مخدعها,
لا أحد يعرف كيف ذهبت،
بشكل غامض، تحت ألياف جوز الهند،

الآن هي ملك للشعب
من فرنسا؛ لا يمكن بيعها,
لأي شخص بموجب القانون؛
القانون جريء ويقال للجميع.
خلال جولتنا في باريس
ذهبنا إلى متحف اللوفر مرتين,
شاهدنا الموناليزا عن قرب
بدفع ثمن باهظ.

يظهر التحليل الدقيق، أن
الرسام لم يكن خجولاً,
الأولي بوضوح LV
مرئية، في عينها اليمنى.

فقط عندما سافرت بعيدا
رآها الأمريكيون، هناك,
العشاق في كل مكان
على استعداد لرعايتها.

لصوص، لصوص، لصوص الحجارة،
حاول كل رماة الأحماض
رؤية أعمالهم المروعة
أفعالهم، بكى الكثير من الناس.

أرسل لها العشاق رسائلها,
سواء الحديثة أو الأرثوذكسية,
لإدارة عشرات الرسائل,
لديها صندوق بريد خاص بها.

نحن محظوظون بما فيه الكفاية
لنراها ونشعر بها.
الموناليزا إلى الأبد
في ذهني مع خاتمي.

لايكا أنا أحبك

قلبي ينزف من أجلك,
لايكا، لقد كنتِ صغيرة جداً
لن تعود أبداً مرة أخرى,
كان معروفاً للجميع

قلبك كان يخفق بشدة,
كان عدد أنفاسك مرتفعاً,
لقد اجتزت كل تدريباتك,
لم يسبق لك أن كنت خجولاً جداً،

سبوتنيك كنت ناجحاً,
أرادوا كائناً حياً
ليتم إرسالها في سبوتنيك 2,
لا أحد يعرف هذا الشيء.

البعض اقترح قرداً,
آخرون فضلوا كلباً,
في وقت لاحق أصبح الأخير,
وجدت عقبة في الترس.

تم تصميم سفن الفضاء,
اعتمادا على النزيل,
لم يعرفوا من سيذهب,
الآن عليهم أن يزعجوا أنفسهم.

الكلب الأليف غير مناسب,
الذي يعيش على العلاج,
عليهم أن يجدوا واحدًا,
من الشارع القذر المظلم.

هذه الكلاب سليمة,
يعيشون بمشقة,

إنهم مولعون بالحب
حريصون على تكوين صداقة.
ليكا كانت في الثالثة من عمرها,
كلبة من سلالة غير معروفة,
يمكنها تحمل الكثير من الضغط,
يمكن تدريبها حسب الحاجة.

"ألبينا" كانت كلبة أخرى
تم اختيارها مع "لياكا"
لكنها ولدت مؤخرًا,
أنقذها الحارس ميكا.

كانوا في عجلة من أمرهم للفوز,
سباق الفئران بارز جدا,
آخرون كانوا مشغولين أيضاً
أن يكونوا مهيمنين على قوة الفضاء.

ثمانية وعشرون يوماً أعطيت لـ
جعل ليكا الفضاء موطناً للفضاء
لمعظم التدريب المطلوب,
كانت محصورة في قبة.

القبة خضعت لاختبارات
من برج الإسقاط، ركوب الجاذبية
العجلة الدوارة والعجلة الدوارة
أيضاً، ألعاب الظلام والأرجوحة.

فعلت كل شيء، مع ألوان الطيران,
بعد ذلك، كان الحفاظ على جوعها,
فترة إقامتها في الفضاء,
سوف يكون، خدمة محدودة فقط.

صنع على عجل سبوتنيك 2، كان,
لا بد أن يكون لها بعض العيوب,
لم يهتموا بالتحذير,
هي، غير مذنب، لأي آثار.

كان لياكا على طاولة العمل,
حصلت على بعض الآلات في الداخل،
هذه سوف ترسل إشارات من
السماء، خلال رحلتها الطويلة،

سبوتنيك 2، ذهبت في السماء,
مع لياكا في صدرها الصغير,
العلماء كانوا مشغولين، للحصول على
البيانات، كانوا في عجلة من أمرهم.

توقف التبريد فجأة,
ارتفعت درجة حرارة سبوتنيك
حاولت ليكا قصارى جهدها لالتقاط أنفاسها,
كانت منفعلة وخائفة.

ماتت وهي تقاتل من أجل حياتها,
غادرت معها شغفها
كانت مشغولة في إنجاز
مهمة الكلاب الانتحارية

جاء العالم ليعرف،
مدى قسوة القلب,
لإخفاء العار، صنع
تمثالها، من نكران الذات.

جهاز التدليك السحري

رن جرس الباب، وكان هناك
بابتسامة عريضة على وجهه
بقميص قرمزي وربطة عنق مزرقة،
كان يحمل حقيبة ذات وزن زائد

"صباح الخير سيدي، هل لي أن أدخل"،
دون أن ينتظر موافقتي
دخل إلى غرفة الرسم
شكرني على دخولي

لابد أنه خبير في توفير الوقت
لم ينتظر على الإطلاق، لإشارتي،
فتح الحقيبة وأخرج صندوقاً،
مع صورة كبيرة جميلة لمدلك

"إنه أمر شائع في الحياة المحمومة"،
أن يكون لديك ألم في أسفل الظهر
لقد أحضرت حلاً لذلك،
"سوف تسعدين بوضعه في الرف".

"دعني أريك، أنت، كيف يعمل"،
وضع كتلة في علبة الآلة
وبضغطة واحدة بدأ الأمر بصدمة،
ضغط على تلك الكتلة في ظهري.

أحدث الاهتزاز شعوراً مدوياً
الحبل الشوكي، بدأ في الحركة،
تحريك الآلة لأعلى وأسفل،
كنت أعطي إشارتي الإيجابية.

أخذ النقود، وذهب بعيداً،

وضع الصندوق على خزانتي,
لم أتحدث معه بكلمة واحدة,
الرجل باعني جهاز تدليك.

"مكتوب على العلبة كلمة "سحر",
كان معي جهاز التدليك بالأشعة تحت الحمراء,
جاء وتكلم بكل الكلمات،
"الرجل السحري" جعلني أومئ برأسي و أتأرجح.

في وقت لاحق، دخلت زوجتي الغرفة,
كانت سعيدة لرؤيتي هناك,
بعد وقت طويل، لقد أخرجت ذلك"
"على الأقل، أنت تستخدمه مرة في السنة"
فوجئت وقالت: "لقد حصلت عليه الآن فقط".
'ماذا؟ لديك بالفعل نفس الشيء!
جاء رجل مع آلة سحرية,
وأعطيته اسم سحري!'.

مرت أسابيع، كلانا نسيه,
الرجل السحري والمدلك السحري;
رن جرس الباب، كان هناك مرة أخرى,
كلانا قال: "اذهب"، مع الكثير من الغضب،

دخل مبتسمًا، جلس على أريكتي,
"سيدي، هذه المرة ليس لدي شيء لأبيعه",
لقد جئت لأعيد المال،
وأريد أن أكسر تعويذتي السحرية'.

كان هناك تحدي في مكتبنا، لبيع
سلعة لرجل مرتين في نفس العام,
فزت بالتحدي بسببك يا سيدي,
أنت نقي القلب وعزيز جدا.

مانغال كاريالايا

تمنيت أن أكتب قصيدة
عن مانغال كاريالايا
باللغة الإنجليزية؛ لكنها كانت
مثل، تسلق الهيمالايا.

لا "مانغال" ولا
يمكن أن يكون "Karyalaya",
ترجمت حقا، كما
لديها شعور أن نرى.

الخطبة والزواج
يتم عقد النذور,
ثم يتم تنظيم
يتم تنظيم الوظيفة.

بعد ولادة الطفل
التسمية، أنابراشان
طقوس الخيط، و
يحصل الطفل على ترقية.

إذا كان في الجدارة,
الاحتفال أمر لا بد منه,
يحصل على مقعد في معهد تكنولوجيا المعلومات,
الاحتفالات ستكون عادلة.

ذات يوم، الرجل
دعا، الأب ميت,
، Karyalaya يتم حجز
ويقال كلمات طيبة.

حورية البحر والصحن الطائر وأنا

كلها أعطت الكثير لسندريلا،
وذات الرداء الأحمر
رابونزيل، لا تنسى، سنو
كانت بيضاء في مزاج سعيد.

السمكة ذات الرأس الذهبي
عاشت بسعادة في أرمينيا،
المبدع مانوك أباغيان،
كان هوس الجميع.

بيتر بان، أين أنت؟
وزوج جوفي دامبو؟
هاري بوتر، كان الأفضل،
ميكي ورفاقه يجب أن يتشاركوا.

لذا، سألت حورية البحر
لوصف حالتها،
طلبت مني أن أسأل،
الجولة، بروتوس الواقف،

لم يكن بروتوسها سوى
من صحن طائر

طار بها بعيداً
كما لو كان في نقالة.

لكن حورية البحر، يجب أن
يكون، في الأعماق، في سرير المحيط،
نعم، كان هذا صحيحاً منذ قرن مضى
والآن، لا خادمة واحدة.

الأسماك ليست سعيدة،

الكثير منهم غادروا هذا الربع الأرضي,
إنهم يبحثون بجد
للحصول على بعض الماء النقي.

سألت حورية البحر عن صحتي,
أجبتها: "رائع، متفائل، متفائل،
واقعية. لم تتبعني,
كان ردي ساخراً.

رائع، لأنني ما زلت أتنفس
متفائل، لأن لدي المزيد من الوقت,
واقعي، لأنني يجب أن أذهب إلى دار المسنين
دار المسنين، لأعيش حياةً أولية.

المسلسل الأكثر شهرة

بدأت في متابعة ثلاثة
مسلسلات دفعة واحدة فقط؛
باقتراح من زوجتي،
"الأمر بسيط، لا أستطيع أن أقول لا".

الهندية والبنغالية والماراثية،
كلها كانت دراما عائلية
كانت متشابهة تقريباً
مليئة بالكوميديا والصدمات

ثلاث سيدات ملتوية
واحدة في كل مسلسل
كل الخطط الموضوعة في المجموعة،
سيرسلون للدفن.

فتيان وفتيات يقعون في الحب
في، على الأقل، خمسين حلقة،
الآباء سيأخذون عشر حلقات أخرى،
لإنهاء الحب، في ستين.

يأتي شرير جميل
يأخذ جانب العريس
يسلّم قائمة طويلة
لجلب، مد أكبر،

الفتى الذي لم يهتم أبدًا
والديه في الماضي
يصبح ابن أمه،
يوافق على المهر في النهاية.

كل الأولاد متشابهون،
كل البنات أذكياء،

عندما يستسلم الأولاد
تصبح الفتيات مدخرات.
مخرجو المسلسلات
يحتاجون إلى ممثلين من هذا النوع
يصبحون ناجحين، إذا
تشويش أذهان الناس

في نصف ساعة مسلسل، عشر
دقائق للإعلان.
بعد كل حلقة، الكل سوف
يقول "النهاية حزينة جدا".

مساء، أجلس معها،
عندما تضحك بصوت عالٍ
ليس لدي أي مشكلة،
أنا أقلد ضحكتها بفخر.

بعد عام تقريبا، لا يزال،
الأولاد والبنات يحاولون،
المخرجة مصرة جداً
لابد أن المنتج يبكي

لا أستطيع أن أقول حتى اليوم،
أي قصة، باختصار،
ثلاث حلقات يومياً،
قلبي مليء بالحزن

ذات مساء، تسللت خلسة،
تاركاً زوجتي الضاحكة
أنا الآن أكتب الشعر للجميع،
لإرضاء حياة القارئ.

حياتي عبارة عن مرقص

منذ سنوات عديدة، شاهدت فيلماً.
كان اسمه "راقصة الديسكو".
أضواء وامضة وميض وموسيقى صاخبة،
البوابة كانت تدار من قبل حارس.

كان الفتيان والفتيات يرقصون،
على أغنية المسار، من الفارس،
باليد، كان يناور،
القرص، كان صعباً نسبياً.

في ما بين، سوف تتحرك الأزواج،
إلى الحانة، المتمركزة في الزاوية،
سوف يأخذون وتد أو اثنين، و
العودة نحو الهورنر.

دي جي، الهورنر، سيبدأ من جديد،
مجموعة جديدة من الأرقام الشعبية،
الفتيان والفتيات، اقتربوا،
ثم اجلسوا على أريكة من الخشب الغالي.

رأيت بعض الحشرات الراقصة بلا هدف
كانت النوايا صافية من هؤلاء الأشقياء،
لم يكن لديهم شيء للمساهمة، كانوا
كانوا ببساطة أبناء الأرستقراطيين.

أعجبتني الأغاني، ولكن ليس الفيلم،
لا يهم أي طريقة للنقر،
أنا فقط قمت بسحب مرجع، كما، أنا
أنا، في وسط مرقص،

كلانا راقصان سيئان للغاية،
لا يزال يطلب منا الرقص الشرقي،

الصمت، الأضواء، الصوت، ابدأ"، و،"
نبدأ بالرقص على الوضعية المحددة،
يضحكون، يسخرون منا، لأننا
نحن لم نتعلم، الرقص على اللحن,
هم صانعي الثروة، لا يمكننا التهجئة,
في الماضي، الكثير من الضحك، نحن في مأمن،

لدينا الآن خوف واحد فقط في الحياة,
الحارس الذي يدير الموقع،
أي خطأ في حركاتنا الراقصة،
سيتم طردنا حتى في الليل،

مزايا التقاعد

ساعات حائط، 2 قلم 6
و 1 شال مطبوع,
ألقيت خطابي الأخير
توجهت إلى شالي.

كنت منهكة قليلاً,
العقود الثلاثة الماضية,
كانت محمومة حقا، كما
كنت العديد من الواجهات.

قابلت كل الأعاصير
والعواصف والأعاصير، وناورتُ المد والجزر أيضاً,
لم أتوقع أبدًا أن يكون هناك مجد.

تفوقت دائما,
من قبل الصغار الذين دربتهم
كلهم أصبحوا رؤساء
بقيت صديقاً

ساعدت الجميع,
كلما احتاجوا إليّ
نسوا مساعدتي,
طلبت من أذن أن تصغي.

كل الآذان أصبحت صماء,
عندما كنت في أشد الحاجة
في يوم التقاعد"
كلهم أعطوني نخباً

لا أحد في المنزل
كان سعيداً معي
الصندوق سيكون فارغاً
لا شيء، لا قفل ولا مفتاح

وصل جميع كبار السن،
البطاقات في أيديهم
سيذهب الجميع إلى الشواطئ
ويجلسون على الرمال

كنت سعيداً لرؤية
العديد من الوجوه المبتسمة,
سأضحك أيضاً بصوت عالٍ,
انسى رموش المكتب.

سأحاول إدارة
كل أمنياتي لطيفة جدا,
كل هذه السنوات التي كنت فيها
أبقيهم صامتين.

الآن سآخذ
هارمونيكا في العراء
فرشاة الرسم الخاصة بي، سوف
تغني مع قلمي

سالي رأت البابا

دع، أنا هاري، ولتكن هي سالي.
قلت لسالي، دعنا نحظى بإجازة طويلة.
أين؟ أوروبا. ماذا؟ هل أنت جاد؟
أنا، قلت، نعم. سيكون لدينا، الكثير من الارتياح.

ولكن، هاري، إلى أين تذهب؟ لماذا؟ قلت لك
بلجيكا وألمانيا والنمسا وهولندا,
باريس في فرنسا لبرج إيفل ومتحف اللوفر،
إسبانيا، مونتي كارلو، إيطاليا، وسويسرا.

أوقفتني سالي. إيطاليا؟ حقاً؟ نعم,
لما لا؟ في إيطاليا، يمكننا الذهاب إلى روما
البندقية، بيزا، فلورنسا والفاتيكان.
هل يمكننا رؤية البابا؟ هل يمكننا رؤية منزله؟

لا أعرف. قلت لك هاري، هل يمكنك المحاولة؟
أتمنى أن نرى بوب، أرجوك هاري,
لقد بحثت وخططت وحصلت على كل
الحجوزات كانت سالي تصنع المرح.

بعد تغطية العديد من المدن في العديد من الولايات
وصلنا إلى روما. صرخت "يوريكا".
لم تكن سالي تعلم أن هاري اشترى
تذكرة دخول كنيسة الفاتيكان، كاتدرائية القديس بطرس,

كان لحضور الاجتماع الشهري للبابا مع,
الرجال الذين يأتون إلى هناك في يوم محدد من الأسبوع,
وصلنا، في الوقت المناسب، بحر من الناس، كانوا حاضرين.
الكنيسة الضخمة في البازيليكا، لم يسمح لنا أن نغمض أعيننا.

دع، أنا هاري، ولتكن هي سالي.
قلت لسالي، دعنا نحظى بإجازة طويلة.

أين؟ أوروبا. ماذا؟ هل أنت جاد؟
أنا، قلت، نعم. سيكون لدينا، الكثير من الارتياح.

ولكن، هاري، إلى أين تذهب؟ لماذا؟ قلت لك
بلجيكا وألمانيا والنمسا وهولندا,
باريس في فرنسا لبرج إيفل ومتحف اللوفر،
إسبانيا، مونتي كارلو، إيطاليا، وسويسرا.

أوقفتني سالي. إيطاليا؟ حقاً؟ نعم,
لما لا؟ في إيطاليا، يمكننا الذهاب إلى روما
البندقية، بيزا، فلورنسا والفاتيكان.
هل يمكننا رؤية البابا؟ هل يمكننا رؤية منزله؟

لا أعرف. قلت لك هاري، هل يمكنك المحاولة؟
أتمنى أن نرى بوب، أرجوك هاري,
لقد بحثت وخططت وحصلت على كل
الحجوزات كانت سالي تصنع المرح.

بعد تغطية العديد من المدن في العديد من الولايات
وصلنا إلى روما. صرخت "يوريكا".
لم تكن سالي تعلم أن هاري اشترى
تذكرة دخول كنيسة الفاتيكان، كاتدرائية القديس بطرس,

كان لحضور الاجتماع الشهري للبابا مع,
الرجال الذين يأتون إلى هناك في يوم محدد من الأسبوع,
وصلنا، في الوقت المناسب، بحر من الناس، كانوا حاضرين.
الكنيسة الضخمة في البازيليكا، لم يسمح لنا أن نغمض أعيننا.

البرج العاجي

أغمضت عينيّ الاثنتين,
لا أحد يجب أن يراني,
أنا أعيش في برج عاجي,
حيث، يجب أن أكون.

في أغنية الأغاني
غنى سليمان الأغنية
"عنقك مثل
برج العاج، إنه طويل جداً".

وهي الآن منقوشة على
ناموس مريم,
رمز النقاء النبيل,
لا يجب أن يتأسف أحد.

أنا أعيش في مقصورة، من
الأرض المخلوقة الخاصة,
أنا الأفضل هناك
يمكن أن تملأ كل النقص،

انتقاد المؤسسة,
في درجة أعلى
بلدي, مزاجي.

أنا واحد من أكثر
حالم لا يستحق
الذي يعيش على قمة
طويل، برج عاجي.

التوائم في الرحم

يستخدم التصوير بالموجات فوق الصوتية باعتدال.
إذا كان هناك أي عقبة في الجنين.
كانت هناك واحدة من النبضات المزدوجة.
تمت الموافقة، لاستخدام الجهاز.

إنهما توأم. تهانينا!
لم يتم الكشف عن الجنس حسب القانون.
كان الآباء سعداء بفضول,
ولا يجب أن يكون هناك أي عيب.

التفكير، داخل الرحم المغلق,
أخ وأخت، بنفس الحبل السري.
في وقت ما، أعلن دادي
تحقق، إذا كانت طفلة فأجهضها.

كان الأخ خائفاً على أخته,
الأخت خافت من وجودها,
لكن الأخوات دائما جريئات,
كوني هادئة ولا تكوني متوترة.

لم يقل الأطباء أي شيء,
عليهم أن ينتظروا دون عوائق,
دعهم يفترضون ما نحن عليه,
ولدان أو فتاتان أو واحدة لكل منهما،

ستذهب أولاً يا أخي العزيز,
سيكونون سعداء بالحصول على ولد،
ثم آتي أنا لأتغاضى عن ذلك,
ربما، لن أموت خجولاً.

مررت عبر قوس قزح

لراوي القصص
قوس قزح هو حبكة,
بالنسبة لشاعر
قوس قزح هو فتحة.

بالنسبة لي، الذي
لست شاعراً
ولا راوي قصص,
إنه حنك حلو.

أنا ببساطة أكتب,
لا أعرف شيئاً
عن، قصة أو
قصيدة أو أي شيء.

بالنسبة لي قوس قزح
هو خط حياتي,
وجود سبعة
كرمة الألوان

محتضنة في
ذراع بعضهم البعض,
كل الأشقاء
عقد قوي جدا.

يقولها العلماء، كما
الأرصاد الجوية
شيء: لكن بالنسبة لي
إنه أمر فلكي.

الانعكاس، والانكسار
والتشتت,
يعطي فقط متعدد الألوان

.الانطباع الدائري
نحن نختبر، الفرح
الحب والحلم والرقص,
النشوة والنعيم أيضاً
.يأخذنا في غيبوبة

أحمر، برتقالي، أخضر،
الأزرق والأرجواني والوردي,
تهرب معنا، كثيرا
.أبعد من ذلك، يمكننا أن نفكر

يسمونه الطيف,
أنا أخاطب بالقلب،
كوني الداخلي يطلب مني
أن أكون، جزء من قوس قزح،

أطفو، أسبح، أسبح، آخذ
شقلبة صيفية,
لدي الكثير من الأحلام
"في قبو قوس قزح الخاص بي

أدخل في الألوان,
بخطوطي الإيقاعية
أنتظر المطر و
.أطلب من الشمس أن تشرق

فجأة، تظهر,
كما لو كان قوس باراشورام،
أعبر من خلاله
.وأعبر قوس قزحي

شاشة تعمل باللمس

هل فكرت يوماً
محنة الشاشة التي تعمل باللمس؟
المالك دائما يلمسني,
إنه سيء جداً، إنه لئيم جداً،

أحاول أن أبقي نفسي في قفل،
لكن، لديهم كلمة المرور الخاصة بي
دائماً، افتحها بكل سهولة
لكتابة بلا بلا بلا، ن إلى الأمام،

لقد قسموني
في كتل من الاختصارات
إنهم لا يرحمون،
قلبي يتحطم

لديهم خيارات,
القلم أو الإصبع،
يجب أن أكون سريعاً جداً,
لا يمكنني التريث.

بالنسبة لهم، أنا
مجرد عقار,
أعيروني للآخرين
ليستخدموني كقطتهم

الجميع لا يدركون,
أنا رقيقة الجلد
ضعيف جداً، و
عرضة للإنحناء.

أتلقى ن إرسال رمز,
على مسؤولية المالك
يحملونني المسؤولية,

إذا خسروا، في الفريسة،
إذا لم يتلقوا
خاتم الحبيب في حالة,
يحطمون ويرمون,
يجعلونني عديم الفائدة.

أنا دائما في خطر
دائمًا ما يلامونني,
مسؤول في كل مرة,
لا يمكن المطالبة بالمكافأة.

الوقت الوحيد الذي أصبح فيه ضعيفًا,
عندما تضربني جدتي
تضع كفها وليس إصبعها,
لتشعر بتصفيق حفيدها.

نبذة عن الكاتب

شغل المؤلف مناصب تدريسية وإدارية في مهاراشترا وحيدر أباد وحيدر أباد وغوجارات ويو تي في دنماركي. يكتب باللغات الإنجليزية والبنغالية والهندية والماراثية والغوجاراتية. وهو يسافر كثيراً ويكتب قصص الرحلات. يجد الإمارات العربية المتحدة ساحرة. وهو خبير في "الرسم بالورلي"، كما أنه يستخدم ألوان الأكريليك الجريئة والنابضة بالحياة على لوحاته. يستمع إلى الموسيقى الكلاسيكية الهندية إذا كان لديه الوقت الكافي لذلك.